ハヤカワ・ミステリ文庫
〈HM(439)-16〉

三年間の陥穽

〔下〕

アンデシュ・ルースルンド
清水由貴子・下倉亮一訳

早川書房
8948

SOVSÅGOTT

by

Anders Roslund

Translated by
Yukiko Shimizu & Ryoichi Shitakura
First published 2023 in Japan by
Hayakawa Publishing, Inc.
Published by agreement with
Salomonsson Agency
Japanese translation rights arranged through
Japan UNI Agency, Inc.

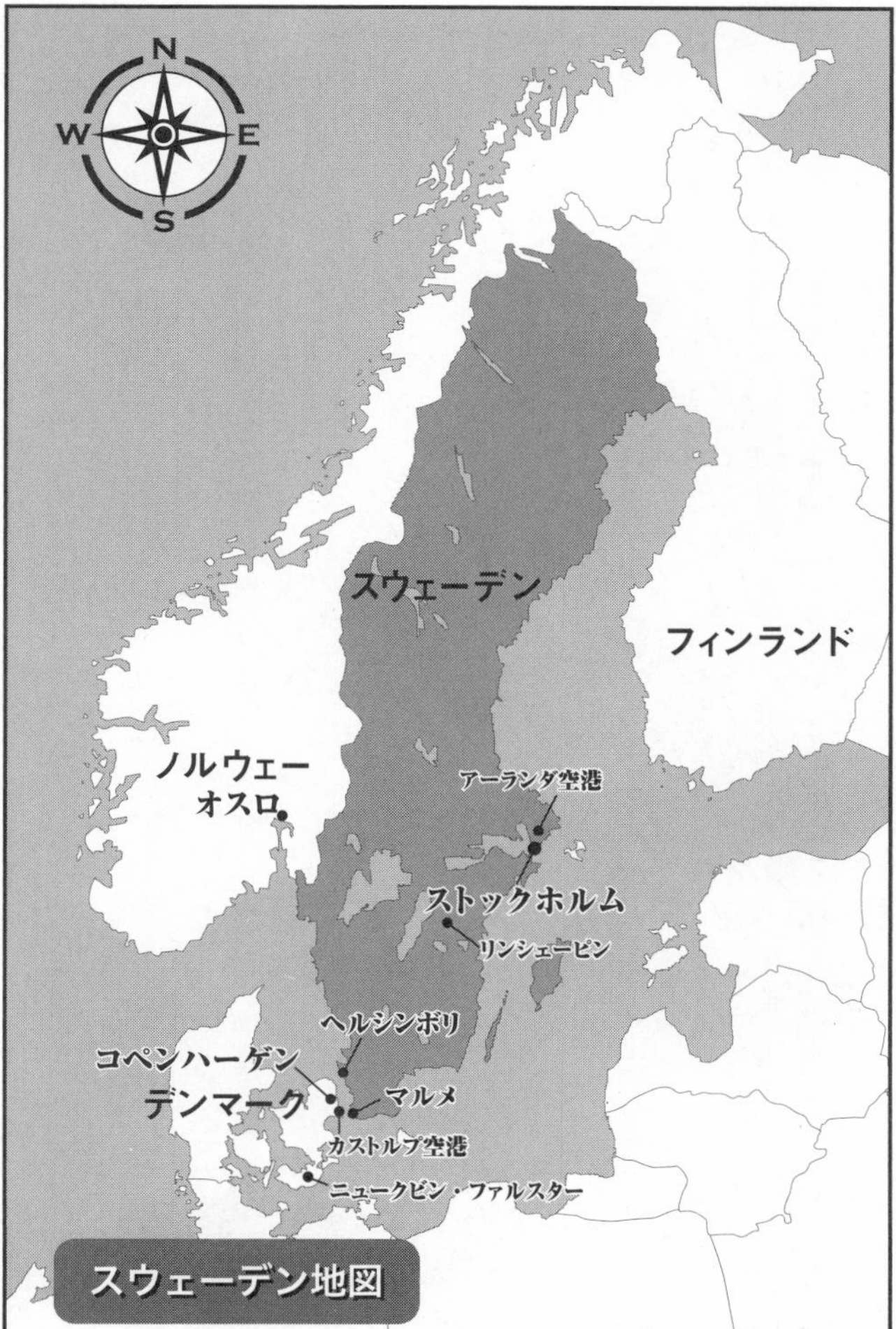
N
W
E
S
スウェーデン
フィンランド
ノルウェー
オスロ
アーランダ空港
ストックホルム
リンシェーピン
ヘルシンボリ
コペンハーゲン
デンマーク
マルメ
カストルプ空港
ニュークビン・ファルスター
スウェーデン地図

→至　リディンゲ橋
ヴァータハムネン港
リディンゲ島
テーゲルウッド通り
エーレグルンド通り
ヤーデット
ヴァルハラ通り
エステルマルム
エステルマルム広場
ルム
・グスタフ・アドルフ広場
・外務省
ユールゴーデン
ガムラスタン
（旧市街）
ストックホルム詳細図
カタリーナ・バン通り
→至　グスタフスベリ

N
W
E
S
↑至　ソルナ
カロリンスカ
大学病院
ヴァーナディース通り
ヴァーナディースルンデン公園
スヴェア通り
ヴァーサスタン
ノルマ
聖クララ教会
聖ヨーラン病院
クングスホルメン
クロノベリ地区
ベリィ通り
警察本部
ストックホルム
中央駅
ヴェステル橋
セーデルマルム
ホルン通り
リング通り
ストックホルム南病院
至　エンシェーデ↓
←至　ファールホルメン

三年間の陥穽

〔下〕

登場人物

エーヴェルト・グレーンス……………ストックホルム市警警部
エリック・ウィルソン…………………同犯罪捜査部部長
スヴェン・スンドクウィスト
マリアナ・ヘルマンソン ｝………同警部補
ピート・ホフマン・コズロウ…………元潜入捜査員
ソフィア…………………………………ピートの妻
ヒューゴー………………………………ピートとソフィアの長男
ラスムス…………………………………ヒューゴーの弟
ルイザ……………………………………ヒューゴーとラスムスの妹
リニーヤ・ディーサ・スコット………失踪した少女
ヤーコプ…………………………………リニーヤの双子の兄
マティルダ………………………………リニーヤとヤーコプの妹
ウィリアム………………………………マティルダの弟
ビエテ……………………………………デンマークのIT専門家
ビリー……………………………………ITの天才青年

第五部　ここには広大な海の目のほかは何も届かない

ユナイテッド航空のターミナルビルを通り過ぎた車は、ビニールと革のにおいが強烈だった。真新しさのにおい。いつもなら、レンタカー会社であらかじめ予約して、人目につかないありふれた車でサンフランシスコ国際空港を後にしていただろう。普段なら、そうした車をピート・ホフマン、ピート・コズロウ、ペーテル・ハラルドソン、ヴァーネル・ラーションなど、有効なパスポートとふさわしい経歴を持つ名前で借りていただろう。だが、今回は通常の状況とは異なった。「短期の出張でアメリカを訪れているデンマーク人の小児性愛者」以外の設定を作り上げる時間がなかったのだ。おかげで、カール・ハンセンの先のとがった筆跡でサインをして、リアウィンドウに国際的なレンタカー会社の派手な広告が描かれた、控えめとはとても言い難い、ぴかぴかの大型車の料金を支払うはめになった。

ここから二十五キロメートル北。交通量の多い大都市。

アメリカのこの地域は一度しか訪れたことがなかったが、地図を見るかぎり、サンフランシスコ湾に沿って進めば、じきにオークランドに渡る橋が見えてくるはずだった。西海岸のコマーシャルソングがラジオから流れ、暖かな陽光が射しこむなか、彼は窓を開けた。そのとき、またしても襲いかかってきた。心の亀裂。恥辱。これから潜入するグループの蛮行に対する細胞レベルでの意識。さらに、それ以外にも気づいたことがある——自分はいま、もうひとつの人生が抜け殻のように感じられるほど、生きている実感を得ている。

充実感に満たされていた。虚しさはアドレナリンにかき消された。

長らく求めてやまなかったのは、この感覚だった。来る日も来る日も抗っていたのは。そしてまったく別の世界で、もう一度だけとしきりに誘いをかけてくる犯罪者や警察官を拒む力、ソフィアと子どもたちと普通の生活で幸せになるための力を身につけようと、必死に努力してきた。

一つ星のグリーン・トータス・ホステルは、金融街とフィッシャーマンズ・ワーフに挟まれた急勾配の傾斜地に、いかにもサンフランシスコらしく危なっかしい状態で建ち、隣の通りに無造作にはみ出していた。そして、ソンニィの言ったとおりだった。みすぼらしいレストラン、ビリヤード台、コカ・コーラの冷蔵ケース、ペーパーバックの入ったがたがたの棚は、そっくりそのままソンニィから聞いた場所にあった。ホフマンは指示されたとおりにキューを取り、取ってつけたように先端にチョークを塗ると、気もそぞろに四と五の球を突きはじめた。それほど長くはかからなかった。レストランの中から自信に満ちた足音が近づいてくるまでに。同じくチョークを塗られたキュー、〝一ゲームどう？〟と身振りで示す人物。

ピート・ホフマンは精いっぱい礼儀正しくほほ笑んだ。

「せっかくですが、別の人と待ち合わせているので」

「そんなことはない」

「そうなんです。だから、どいてもらえませんか。俺は——」

「——スティーヴンという新しい友人とちょっぴり親しくなる」

ホフマンは相手をまじまじと見つめた。

女性だ。

背が低くて太っている——それだけは当てはまる。

「スティーヴン？」

「スティーヴン。スティーヴとは呼ばないで。スティーヴィーとも。でないと、別の人に準備を頼むはめになるから。車はある？」

「ある」

「入口を出たところに、フォードのピックアップが駐まってる。色は赤。出発は五分後。ついてきて」

そう言って彼女は立ち去った。キューがゆっくりとビリヤード台の上を転がり、この建物と同じように、反対側の端にはみ出して、危なっかしく踏みとどまる。ホフマンはソフトドリンクの冷蔵ケースから生ぬるい缶を取り出すと、長いあいだ掃除機のかけられていない分厚いカーペットに覆われた階段を急いで下りた。

その女性は猛スピードで車を飛ばした。

ウインカーも出さずにベイブリッジに突入し、オークランド方面へ波立つ海の上を突っ切り、そのまま東に向かって疾走する彼女に遅れまいと、ホフマンは自分自身とレンタカーを懸命に煽り立てなければならなかった。幹線道路は徐々に車線が減り、やがてウォールナットクリークという町の狭い通りになった。そして、彼女はようやくブレーキを踏んだ。そこは住宅の代わりにフェンスで囲われた工場が建ち並ぶ地域だった。有刺鉄線が巻きつけられた高い金網のフェンスの隣に、簡素な――といっても手入れが行き届いているとは言えない――家があり、庭はバスタオルのような芝生で覆われていた。

彼女は振り返りもせずに、ホフマンがついてくるものと決めこんで、玄関のドアを開け放したまま中に入っていく。

「こっちよ。地下に下りて」

短い螺旋階段と狭い廊下の先にはガレージがあった。

「ようこそ」

油のにおいが立ちこめたガレージの中には、汚れた壁に額入りの写真がいくつも掛けられていた。軍服姿のスティーヴン。同じ服装の男性と一緒に写っているものもある。

「イラクに二度、派遣されたの。ふたりで。その口ひげのハンサムな男が、夫のジェリー。いまは上の階で子どもたちの面倒を見てる」

彼女はガレージの天井を指さした。紛れもなく子どもたちが騒ぎまわる音。

「それを最後に足を洗った。組織に仕えるには、組織そのものを信じてないとだめでしょ？　でも、いまでもつてはある。これもみんな持ち出した」

そこは車を格納するためのガレージではなかった。油のにおいは車のエンジンとは関係ない。ガンオイルだ。さまざまなサイズの鍵のかかった箱が所狭しと並んでいる。彼女は、そのうちの比較的小さな箱を開けた。

「〝カール・ハンセン〟って言ったわね？」

「ああ」

「それが本名だとしたら、夫があの脚でわたしより速く走れるって言っても通用するわね。とにかく、これはあなたのもの。いい？」

いちばん上に一枚の紙がのっていた。彼女はひとつずつ確認しながら中身を手渡す。

「ポーランド製の自動式拳銃ラドム、弾倉には弾が十四発、革のショルダーホルスター。木柄のハンティングナイフ、両刃、革のショルダーホルスター」

ホフマンはこれまでずっと自身の標準装備だったものを手にした。それだけで、両方の肩に掛かるホルスターの重みを感じる。

「それから、これは買い物リストにあった道具袋」

彼女はミリタリーグリーンに塗られた木の箱に手を突っこんだ。

「追跡不可能なプリペイド式携帯電話が五台。いつも役立ってるようだから。持ってく？あと、タイマー付きの電波妨害装置。強力な信号が封じる周波数を確実に発見する——あらゆる電波を妨害する優れもの。そしてこれが、世界最小のGPSトラッカー。バッテリーの連続使用時間は二週間、サイズは二十四×十四ミリ、重さはわずか九グラム。それから、巷に出回っているマイク内蔵の超小型カメラでは、個人的にこれがいちばんのおすすめ——人感センサーが付いていて、誰かがレンズの前で手を振ったら、すぐさま記録される」

ホフマンは電波妨害装置を手に取った。これまで使っていたのと同じタイプのものだ。一方で、GPSトラッカーはSIMカードほどしか場所を取らず、超小型カメラに至っては、通常のUSBメモリと見分けがつかなかった。

「それはUSBメモリとしても使えるから、誰かに目をつけられた場合はごまかせる。ついでに、頼まれた写真もそこに保存してある。あなたがそんなタイプだなんて信じられないけど——ちっともそんなふうには見えないから」

二度と内なる怒りに主導権を渡すな。

自分が誰なのか、周囲に知られてはならない。

潜入捜査員としての初歩的なルール。だが、今回は何もない。

今回はルールに従うことなどできない。

この場で……そんなふうに見られるのは許せない。

「俺はそんなタイプじゃない。だからここにあるものが必要なんだ！　わかるか？」

彼女はホフマンを見つめた。少しして、ゆっくりとうなずいた。

「わたしは代金さえ払ってもらえれば、頼まれたものはなんでも調達する——金が必要だから。だけど、これでだいぶ気分がすっきりした。弾倉もおまけしてあげる。奴らにひとり残らず弾をぶちこんで。まずはペニスに、それから額に」

フル装塡されたラドム用の予備の弾倉が四つ。ピート・ホフマンはそれを他のものと一緒に袋に入れると、きっちり丸めた札束を手渡した。

「約束の額だ」

彼女は数えなかった。ガレージの扉に近い棚に昔風のブリキの箱が置いてある。その蓋を開けて、金を放りこんだ。

「ソンニィは？」

本当に知りたがっている様子だった。

ふたりはどこで出会ったのだろうか。世界各地にいる、こうした謎に包まれた者たちはどうやって知り合い、手を組むようになるのか、ホフマンには不思議だった。

「見たところ変わりはない」

「いい人だけど。あいかわらず煙草を吸ってるの？」

「ひっきりなしに。いつ会っても煙に包まれている。ほとんどは葉巻煙草《シガリロ》だと思うが」

「やめるように言ったんだけどね。いつか死ぬって」

階上に上がり、ホフマンが彼女の手を握って礼を述べたとき、キッチンとおぼしき場所に、彼女の夫と子どもたちの姿がちらりと見えた。かつてはハンサムで、軍服に身を包んでいた男の右膝には、金属製の義足が取りつけられていた。地雷――おそらく高性能爆薬にやられたのだろう。一瞬にして百八十度変わってしまった人生。見知らぬ者の手に連れ去られた少女の人生と同じように。

その急激な変化が誰の目にも明らかな場合もある。目の前の女は、ホフマンがそれに気づいたことに気づいた。

「うまく言えないけど……仕組みが合わないのなら、自分が仕組みになるしかない。つまり、あなたの場合は、かならずわたしが言ったとおりにして。あいつらに弾をぶちこんで。下と、それから上にも」

見分けのつかない狭い通りをいくつも抜けて進むうちに、煙を吐き出す工場と有刺鉄線が巻かれた高いフェンスの隣に建つ家は少しずつ小さくなっていった。ウォールナットクリークの住宅街を後にしてからも、ホフマンはオークランド側に留まって、元将校のスティーヴンが〝巨大〟と形容したショッピングモールを探した。サンレアンドロ市内にあり、そこでまだそろっていないものがすべて手に入るはずだった。

たしかに巨大な場所だった。都市の中の都市。そして実際、あらゆるものが売られていた。

ホフマンは車を駐めると、カール・ハンセンの顔をして――しかしピート・ホフマンの服装のまま――大勢の買い物客の中に紛れた。七十五分後に出てきたときには、長いズボンは膝丈のチノのショートパンツに、ハンティングジャケットと白いTシャツは半袖の青いチェックシャツに変わり、黒のブーツではなく茶色のサンダルを素足で履いていた。そして、虐待の写真に写っていたものにそっくりな赤い文字盤の腕時計と、同じような金の指輪を身につけ、グレーンスがデンマークの自宅から押収した結婚式の写真と同じブランドで、似たようなデザインの茶色のフレームの眼鏡をかけ、首には免許証の写真と同じゴツいシルバーのネックレスをぎらつかせている。

長さ数百メートルの駐車場の端の数列には、ほとんど車が駐められていなかった。ホフマンはそこまで行ってエンジンを切ると、手書きのリストを取り出し、短すぎる準備時間でそろえるべきものの残りを線で消した。手荒な抱擁、片栗粉、市民、鳥用GPS、USBカメラ、半袖シャツ、電波妨害装置、ツナ。続いて助手席に移ると、裏側が鏡になっているサンバイザーを下ろした。鼻の曲線は、メーキャップアーティストが請け合ったとおり、どこから見ても自然だ。色が交ざり合った無精ひげに手を這わせたが、依然として皮膚にしっかりと貼りつけられ、バズカット、特注の眉、栗色のコンタクトレンズともうまく調和している。いましがた買った服と合わせると、なりすます予定の男が完成した。

ほとんど。

ハンセンの最も目立つ特徴が消えかけている。右目の横、眉とこめかみのあいだの傷痕。メーキャップアーティストから、作り直す必要があると言われていた。

ピート・ホフマンはビニール袋からクレンジング剤を取り出すと、長さ十五ミリの皮膚の切り込みをそっと拭き取りはじめた。コペンハーゲンから持ってきたブラシ、スポンジ、専用の糊、傷メイク用リキッド——いまから二十四時間、小児性愛者に成り代わるための最終調整は、いまや彼の腕にかかっていた。

彼はハンドルを切った。すばやく、急に。車は派手な音を立てて横すべりし、勢い余って国道一〇一号線のガードレールにぶつかり、そのはずみで三車線を越えて二十四時間営業のガソリンスタンドの敷地に突っこんだ。そして、そこで止まった。エンジンがかかったままの状態で、給油ポンプや居合わせた人々や洗車機からじゅうぶん離れた場所で、彼は数時間前と同じように、サンバイザーを下ろして鏡を見つめた。

俺はカール・ハンセンだ。

九歳の少女をレイプして、その写真を売る。

サンタマリアの公園で他の連中と落ち合う。奴らも自分の子どもをレイプして、その様子を自慢げに話し、小さな身体を見比べて、おそらく、うまく犯す方法についてヒントを共有している。

運転席に座ったまま、ピート・ホフマンはガソリンスタンドのアスファルトをぼんやりと見つめ、自分がここで何をしているのかを理解しようとした。十一月のカリフォルニアの乾燥した暑い日に、自分でも気づかないうちに、ましてや計画などないまま、なぜ南へ向けて車を飛ばし、速度も緩めずに急ハンドルを切ったのか。

鏡に映った顔を見つめると、向こうも見つめ返してくる。

またしても、あの漠然とした不安。

あるいは、おそらく嫌悪感。

さらには憎しみ。

取っかかりもつかめなかった。

とても理解できそうになかった。

生まれて初めて、みずからの感情を味方につけずに潜入する。

この不安は、彼らを取り押さえられるかどうかには関係ない。この集団による暴力は、彼自身の手慣れた暴力とは無縁のものだった。リーダーの正体を突き止めたら、攻撃を開始する――三人の小児性愛者を武器と腕力でねじ伏せるのは朝飯前だ。だから、そこから苦悶は生じない。苦悶を生み出しているのは嫌悪感だった。この身体の内側で、この役割を演じることにいつまで耐えられるのかという疑念だった。ただひたすら、そこから逃れたいと願っているというのに。

三十分後にふたたびハイウェイを走りはじめたが、鬱積《うっせき》した気持ちが晴れる気配は一向になかった。ホフマンはさらにアクセルを踏みこみ、橋やトンネルがサリナスという町と交わる地点に差しかかると、目的地まで半分の距離を残して単調なアスファルトの道路を降り、はるかに美しい太平洋沿岸のルートを進んだ。やがて暗がりの中から、サンタマリアによくあるとがった屋根の白い教会が三回の鐘の音とともに姿を現わした。そろそろホテルにチェックインして準備を終え、飛行機で夜を過ごした疲れを癒し、ここに来た目的——明日の集まりをぶち壊すこと——に備えてひと休みする時間だった。

平らな芝生が一面に広がるプライスカー公園は、この入念に計画された都市の中でかなり広い空間を占めていた。ひょろ長い針葉樹が、車の行き交うハイウェイからの防音壁として互いにもたれかかるように並び、木陰にベンチが置かれた砂利道は小さな遊び場へと続く。その途中のどこかで、大きな池の中央にある噴水が水を噴き上げているはずだった。強引に休めた身体の中で脈打つ心臓のように。

ピート・ホフマンは岩に腰を下ろした。他のすべてのものと同じく、故意にそこに置かれているかのような岩だ。

あと三十分。あと数百メートル。

彼は子どもたちに目を向けた。七、八歳くらいの少年少女が、思い思いに駆けまわり、ロープでできた橋を渡り、さまざまな角度の丸太が取りつけられた木の塔を登り下りしている。一方で、彼が助けに来た子どもたちも同じ年ごろのはずなのに、自由を奪われ、別の現実に引きずりこまれていた。

ホフマンには任務がある。

だが、そのための覚悟ができているかどうかは自信がなかった。

手段を誤ることを恐れていた。

膝から下がつややかな金属製の義足になった、あの男のように。額に飾られた写真では、誇らしげにその長身を軍服で包んでいたのに、いまは妻が見知らぬ相手に違法な武器を売りさばくあいだに家族の世話をしている。

あの男にも任務があった。そして手段を誤った。

俺の地雷はどこだ？

誰が埋めた？

すべてを失う危険を冒して一歩踏み出すのは、いつなのか？

硬そうに見えたが、思いのほか座り心地のよかった岩から立ち上がると、ホフマンはサンダルで砂利を踏みしめながら、ゆっくりと歩きはじめた。昼食時。ストレスや単純作業から逃れてピザを分け合う職場の同僚たち。プラスチックのカップと弁当を手に色とりどりのレジャーシートに座る、遠足に来た子どもたちのグループ。手をつないで芝生に寝そべる若いカップル。一体感。ホフマンがここに来た目的、グレーンスの匿名のチャットを通じて参加を認められた集まりとは、あたかも別世界のようだった。

こわばった肩から、できるだけ自然に両手を垂らしながら、ホフマンは噴水のある池に近づいた。観察した。判断した。彼の目に狂いはない。誰だ？　どこだ？　いつものように、さりげなく周囲を見まわす。

芝生に座り、チェック柄の水筒から湯気の立ったコーヒーを注いでいた男が、レジャーシートを丸めてバスケットに荷物を詰めはじめた。生え際が後退してずんぐりした男だ。池の縁の大きな石のところまで来ると、膝をついて身を乗り出し、両手を水につけて洗った。それと同時に——ピート・ホフマンは振り向かなくても男の行動がわかった——カール・ハンセンのほうをちらりと見る。

あれがリーダーというわけか。

四十五歳。

白人。

下っ端の役人風。

予想よりも少し若かったが、想定内だ。

「やあ」

手を洗い終えた男は、立ち上がってホフマンに近づいてきた。ふたりは並んで立ったまま、美しい公園を眺めているふりをした。

「待ち合わせの相手は俺だろう」

だが、声はホフマンの予想とは異なった。少年のような高い声。グループを仕切ることに慣れている男とは思えない。まったく別の集まりでここに来た人物かもしれない。子どもに悪の限りを尽くすこととは無縁の人間。

「さあ、どうだろう。そういうあんたは誰を待ってるんだ？」

男は笑った。またしても少年のように。喉を鳴らした、屈託のない笑い声。

「用心深いのはいいことだ。もちろん俺もそうだ」

そして、またしても子どもっぽく笑う。少し大きすぎる声で。

「こっちを向け。俺だ。俺を見るんだ」

ピート・ホフマンは言われたとおりにした。

「ふうむ」

リーダーはホフマンよりもかなり背が低かった。ふたりの距離があまりに近いせいで、傍から見たら奇妙な光景だったにちがいない。片や頭を下に向けて見下ろし、片やのけぞるように顔を上げて見上げている。

「ふうむ」

鼻息のような音。

「ふうむ」

威圧しているのか、気を揉んでいるのか、単に考えこんでいるのか、ホフマンには判断がつきかねた。あるいは——背の低い男はカール・ハンセンをじっくり見るのに夢中で、自分でも気づいていないのかもしれない。

「よし、間違いなさそうだな」

「どういうことだ?」

男はシャツのポケットから折りたたんだ紙を取り出して広げた。

「おまえだ」

カール・ハンセンの写真。本物のカール・ハンセン。

彼らは本当に知っていた。

グレーンスが住民登録データベースや職場の人事部のファイルから入手したような顔写真ではない。写真スタジオやボックスでじっと座って撮影された写真でもない。遠くから撮られて、もっと動きがあるように見える。リーダーみずから、それなりの望遠レンズを使って撮影したかのように。

「で、正解だ」

「なんのことだ？」

「疑問に思っていただろう。答えは、正解だ。俺たちのグループのリーダーが自分でこの写真を撮った。本人には気づかれずに。どのメンバーも同じだ。個人情報を残らず把握する。家庭環境。住まい。それに——確認用の写真。本来ならそんなことはすべきじゃない。このグループは……匿名だ。でもリーダーは安全第一主義なんだ。世の中には俺たちの興味に理解を示さない奴もいるからな」

子どもっぽいクスクス笑い。今度は少し長い。

「で、おまえは——まったく写真のとおりだ」

ピート・ホフマンは、自分では満足していないマスクをかぶってそこに立っていた。そもそもマスクが必要だとは思えなかった——新たな顔はつねに危険を伴う。少しでも剝がれれば、その下の層、すなわち素顔があらわになる。そして、たとえ持ちこたえたとしても、内面が外に出るのではないかと思っていた。

だが、実際には必要だった。そして持ちこたえている。彼は持ちこたえている。いまのところ。

「というわけで、あらためてよろしく。レニーだ」

髪の薄い太った男は、もう一度だけ目の前の相手と見比べてから写真を折りたたんだ。

そして手を差し出す。

ホフマンも握り返す。

「レニー？　てっきり……」

「……オニキスだと思っていた、か？　あえてそう思わせたのさ。俺はオニキスが集めた情報をもとにテストをしただけだ。リーダーはどのメンバーよりも慎重だ」

レニー。

ピート・ホフマンは、目の前の男を見ながらビエテの資料を思い出そうとした。

おまえには子どもが十人いる。

診察中に四十人の子どもをレイプして、それを撮影したことを自慢している。

首の細長い大きな鳥が池にそっと下りてきた。もう一羽。さらにもう一羽。名前は知らないが、誇らしげに水面を滑っている。あたかも世界が単純で平和な場所であるかのように。

「そろそろだ」

男は腕を上げて時計を見た。

「……十二時二十分。あと二時間四十分。三時きっかりに、この住所だ」

彼はまだ手に持っている写真を裏返した。そこには鉛筆で、七行にわたって詳細な道順が記されていた。

「とても美しいところだ。しかも誰もいない。ところで……」

「なんだ？」

太りすぎの男はふたたび接近して顔を上げ、ホフマンをじっと見つめた。またしても鼻息を漏らしながら。

「その傷痕だが」

「それが？」

「目の横の」

「昔の傷だ」

「どうやってできたんだ？」

ピート・ホフマンは動揺を見せまいとする。

またしても試されているのか？

こいつらは知るはずのないことまで知っているのか？

それとも——何か不備があるのか？　車の中で施した傷のメイクが消えかけている？

「どうやって……できたか？」

「ふうむ」

「派手な喧嘩だ。相手はチビでデブの男だった。しつこくいろいろ訊いてくるもんだから、病院送りにしてやった。俺ほど喧嘩が得意じゃなかったらしい」

レニーと名乗った小児性愛者は至近距離を保ったままだった。

じっと見つめていた。鼻息を漏らしながら。

ホフマンも見つめ返した。

やりすぎたか？

ボロを出したか？

それとも……。

笑い声。神経に障る、あの腹立たしい笑い。レニーが沈黙を破った。

「おもしろい話じゃないか。気に入った」

レニーは、おもて面に本物のカール・ハンセンの写真が印刷され、裏に七行の手書き文字が書かれた紙を差し出した。

「ということで、歓迎しよう。ここに書いてあるとおりに進むだけで、すべてがうまくいく。みんなで……」

またしてもあの笑い。

四十五歳の男が、どうしたら十歳の少年みたいに笑えるのか？

「……最高の夜を過ごそうぜ。大人も子どももな」

アメリカのお洒落なドラマからそのまま抜け出したかのような、とても美しい高級住宅。それが第一印象だった。このうえなく醜い現実の世界だとは思えないほど。

ピート・ホフマンは、ひと気のない曲がりくねった砂利道にゆっくりとレンタカーを乗り入れた。

穏やかな風、ときおり遠くのほうから聞こえる鳥のさえずり。

それ以外は、ひっそりと静まり返っていた。

最後に住宅の前を通り過ぎてから数百メートルほど走ると、ふいに世界が開けたようだった。空。海。まるで果てしない空間にまっすぐ向かっているかのようだ。そこまで来ると、それ以上西へ進むことはできなかった。カリフォルニアの海岸線の突き当たりは断崖で、数歩先の眼下には黒ずんだ荒波が立ち、そのはるか向こうに日本や中国がある。

誰にも邪魔をされたくない者にとっては、うってつけの場所。

自然がプライバシーと絶え間ない防音環境を提供する開放的な空間。

ホフマンが近づくと幅の広い鉄門が滑るように開いた。中には野草に囲まれた手つかずの自然が広がり、濃い緑の茂みは小さな青みがかった赤い実に覆われていたが、監視カメラがあらゆる角度から目を光らせていた。エンジンを切らないうちに、レニーと名乗る背の低い太った男が豪邸のドアを開け、玄関前の階段を下りてきた。

「迷わなかったか」

「説明どおりに着いた」

「それは何よりだ。ゲストを迎えるのは慣れてなくてね。大人のゲスト、という意味だが」

あの不愉快な笑い。甲高い声。子どもみたいだ。男は玄関のドアを示しながら、大げさにお辞儀をしてみせた。

「ようこそ」

ピート・ホフマンが先に入り、すぐ後ろからホストがたわんだ木の床をかすかに軋らせながら続く。長く広い廊下は天井の高いリビングルームに続いていた。部屋には目を見張るようなパノラマウィンドウが張りめぐらされ、わずか数分間のうちに二度もホフマンを果てしない世界へといざなった。ここには広大な海の目のほかは何も届かない。

「この家には誰が住んでるんだ？」

「誰も」

「誰も？」

ホフマンは周囲を見まわした。

外観に見合ったインテリアだ。高価で、上質で、趣味がいい。

住人のいない、夢の家。

いったい、どうやって手に入れたのか？

金色のアンティークワゴンに、中身が半分ほど入ったボトルと繊細なグラスが置かれていた。レニーと名乗る男は自分用にくすんだ色のウイスキーを注ぐと、ホフマンを振り返った。

「何を飲む？」

「同じものを」

「いいぞ。あいかわらず用心深い」

今度は少年みたいな笑い声は短く、男は言葉を付け加えた。

「聖域なんだ」

「どういう意味だ？」

「おまえは誰が住んでいるか尋ねたが、ここには誰も住んでいない——聖域だからだ。俺たちみたいな人間、誤解された者たちにとってのな」

聖域。誤解された者。

このふたつの言葉で、彼らの非現実がすべて現実となる。

「ほかにも見せたい部屋がある」

広いリビングルームのもうひとつのドアはキッチンに続いていた。やはりアメリカ映画に登場するキッチンのように、中央にアイランドカウンターがあり、シンクからの眺めは、もっぱらあの果てしない青——空と海——だ。そこを通り抜け、家族でコーンフレークの朝食をとるためのちょっとした食事スペースを突っ切って、最先端の機器を備えたオフィスさながらの応接間を過ぎると、それまでとは異なる空気が漂う部屋に入った。不穏な空気。子どもたちを連れこむ部屋だ。真ん中の大きなベッドには、ふわふわの枕やぬいぐるみが積み重なっている。棚には小道具が並び、出番を待っていた。犬用のリード、アダルトグッズ、小さなサイズの服の山。だが、何かが欠けている。ピート・ホフマンが唯一理解できるもの。かならずここにあると思っていたもの。屋外と同じように。ここまで届く目。彼自身、敵の動きを予想するために用いるものが、性的暴行の様子を保存するために、この部屋のどこかに隠されているはずだ。あとでサークルのメンバー間で共有する映像を記録するカメラ。

けれども問題はない。

車のトランクの中で攻撃開始の合図を待っている電波妨害装置が、そのカメラだけでなく、あらゆる場所に設置された監視カメラの機能をも残らず停止させるだろう。とはいえ、現段階で作動させれば、カメラに接続したモニターに映るこの世界は闇と化し、余計な疑いを招くことになる。いまは、単に仲間のひとりが来ただけだと思わせなければならない。

もう一度だけ、すばやく部屋を見まわす。

あの絵の後ろは？　あそこのわずかに暗くなった隅にあるかもしれない。それとも、色とりどりのビーズがついた、あの丸い枕に縫いつけられているのか？

「で、おまえの娘は？」

レニーは部屋を出るよう促した。

「娘？」

「ここに来るのか？」

「どういうことだ？」

「連れてこなかったのか？　ヨーロッパのちっぽけな北国から地球を横断して、太陽の州まで来れば、九歳の子どもは大喜びだぞ」

「でも……そのことは伝えたはずだ。チャットで、オニキスに。間違いない、そうだろう？　娘は母親と一緒に留守番してる。今回は仕事の出張だからな。だが、帰国したらすぐにあんたたちのリクエストに応じよう」

「ならいい。ただ――わかるだろう、つい期待してしまうこの感じ。何しろ、おまえが前回送ってきたちょっとしたストーリーの話題で持ちきりだったんだ。あの九枚のシリーズ写真、娘が横たわって、そこにおまえが……」

ピート・ホフマンはもう少しで彼を殴るところだった。

我慢の限界だった。

任務を投げ捨てそうになった。

「……まあ、あれもよかったが、学校から帰ってきた娘をおまえが出迎えたヤツも捨てがたい……それと、ビーチへ行くために着替えていたヤツも……おまえの作品はいつも……」

いまだ。

いま、こいつを殴ってやる。

もう耐えられない。

「……そう、遊び心にあふれた旅だ。写真から写真へ。より自然な出会いに向けて、少しずつ真面目さを剝ぎ取っていく」

ピート・ホフマンはレニーを殴らなかった。だが、自制心を振りしぼって怒りをこらえていることに感づかれたのは間違いない。オフィスに改装された応接間を通り過ぎた際に、レニーはゲストの視線に気づいて説明した。

「俺たちのビジネスの拠点だ」

「なるほど」

「オニキスと俺は、ここでの一部始終を売っている。サークルの写真じゃない。もちろんそれも神聖なものではあるが――そうじゃなくて、別のものだ。ここで記録したもの。あるいは、顧客向けの品質を満たしていないものには手を加える。そうやって、世間のクレジットカードが俺たちにかなりの賃金を支払っているというわけさ」

レニーは得意げに笑った。

「大金だ、ラッシー。とてつもない大金」

産業。ビエテはそう表現した。携わっているのは、大半がハンセンのような男だ。ホフマンのいまの顔。九枚のシリーズ写真を秘密サークルのメンバーだけに販売するデンマーク人の父親。それ以外にも十五枚のシリーズ写真を売り、みずからの子どもを利用して、ここで数千ドル、向こうで数千ユーロを稼いでいる男。だがビエテの話では、ほかにも暴利を貪っている連中がいる。彼らは子どもたちに猥褻な行為をして、巨額の利益をあげるビジネスを行なっているのだ。

「もう一杯どうだ?」

「いや、もう結構」

「ふうむ、賢明だ。気楽にやることだな。小さい子どもに対しては」

またしても癪にさわる少年の笑い声を漏らす彼を尻目に、ホフマンはオフィスの備品のそばから離れなかった。レニーとオニキスのような男ふたりで、いったいどれだけ稼いでいるのか?　〝とてつもない大金〟とは、具体的にいくらなのか?　これまでに人身売買ブローカー、麻薬王、武器商人の組織に潜入し、金が犯罪を引き起こす状況については知り尽くしていると思っていた。だが、小児性愛者や裸の子どもについては何ひとつ知らない――彼らも組織犯罪による数十億ドル規模の産業の一部なのだ。せいぜい個々に写真を交換する性的倒錯者だと思っていた。それは自分が世間知らずだからなのか?　知識が欠けているせいか?　あるいは単に知りたくなかっただけなのか。

「ラッシー?」

レニーは歩きつづけるよう促した。

「なんだ?」

「なぜそのハンドルネームなんだ？」

「それは……どういう意味だ？」

「とくに意味はない。ちょっと気になっただけだ。たとえば——犬と何か関係あるのかとか」


小児性愛サークルでのカール・ハンセンのハンドルネーム。

自分のハンドルネーム。

にもかかわらず、ピート・ホフマンは見当もつかなかった。

生きるか死ぬかの世界では、今回のような急場しのぎの準備など通用しない。潜入捜査員として本格的に活動していたころに何よりも時間と手間をかけたのは、摘発しようとする犯罪ネットワークからどのような疑問を持たれても破綻しないバックグラウンドを作り上げる作業だった。つまり相手にダメージを与え、自分を対等だと思いこませ、少しずつ信頼を得るための準備だ。

「ラッシー？」

「ああ？」

自分の身を守っていたのは、そうした根拠のある嘘だけだった。

いまは？

ごく単純な問い——おまえの名前は？——に対する答えを用意する時間さえなかった。

「そのとおりだ。あのテレビ番組の犬から取った」

「だと思った」

「カトリーナ……娘がどこかで昔の放映を見たんだ。それで、一日じゅう口を開けばラッシーのことばかりで……ちょうどいいかと思って」

その答えを真に受けて、しかもおもしろがって、レニーはククッと笑った。

ホフマンの変装は、もう少し持ちこたえそうだ。

「で、おまえは？」

「何が？」

ふたりは一面の窓ガラスからすばらしい景色を望む部屋に戻り、しばらく無言で眼下に広がる海に見とれていたが、やがてホストがふたたび話しはじめた。だが、もう質問はなかった。口にするのは、ほとんど彼自身の考えばかりだった。

「俺は……何をしようかずっと考えていた」

「そうなのか？」

「というより——どうやってしようか。いままでと同じ方法でやるか」

ピート・ホフマンは返答を避けた。またしても試されているのか？　それとも、小児性愛者どうしでは、いつもの気軽な会話なのか？

「いいか、ラッシー――子どもというのは、実際には感じていない。感じていると思っているだけだ。俺たちは、子どもの想像力を鈍らせて、正しい方向に導く手伝いをしている。それが俺たちの役目だ。子どもたちに自分は安全だとわからせる。不安を抱くのは間違った状態だと」

　間違った状態。

　ピート・ホフマンは無理やり海のほうを見た。海だけを視界に入れた。

　おまえが子どもをとんでもなく間違った状態に置いているんだろう。

　おまえ自身が子どもだから。おまえが……。

　海。海を見なければ。

「それで、おまえはどうやるんだ？」

　レニーと名乗る男がこちらを見て、にやりとした。笑い声をあげるよりもぞっとする。

「どうやる？　なんの……」

　ホフマンは笑みを返そうと努力した。

「……ことだ？」

「おまえの手段は？　どうやってカトリーナの想像力を鈍らせる？　どうやって正しく感

じさせるんだ？」

「それは……状況による。いつもは……いくつか使い分けている」

「手段はひとつしかない」

「本当に？」

「薬だ。あれほど子どもをリラックスさせるものはない。不安の代わりに愛を感じさせるんだ」

ホフマンの笑みはそこで止まった。それ以上は無理だった。それと同時に相手の笑みが変わったが、まったく逆の理由からだった。笑みは広がり、またしても虫唾が走るような笑いとなった。

「なぜなら、ラッシー、不安はぜったいに愛に変わらないからだ。俺たちが何かを与えれば、子どもの胸で愛の爆弾が脈動する。ものすごい力だ！　爆発するんだ！　おまえも自分で試してみるといい。そうすればわかる。そうすれば、もっといい写真が撮れるはずだ」

背の低い太った男は、勝ち誇ったようにホフマンを見た。長いあいだ考えて、突きつめて、言葉にしようとしてきたことを伝えたのだ。おそらく本人としては最も偉大な発見なのだろう。彼にとっての、幸福への道。

薬。愛の爆弾。

ピート・ホフマンは身を震わせた。

おまえに子どもたちと同じ不安を感じさせてやる、このゲス野郎。ぜったいに……。

何年もの歳月と、いくつもの賢明な選択を経て、ついに限界が訪れた。それは、任務の最中に初めて仮面を脱ぎ捨てることを意味する。後先考えずに、そのときの感情に任せて誰かを殴ることを。

ホフマンは全身をこわばらせ、振り向いて、腕を上げかけた。

だが、物音に遮られた。

窓の外に響く甲高い音。

彼は耳を澄ました。

パタンという音。玄関前の階段を上る足音。背後でドアが開く。

「遅くなってすまない」

帽子の棚の前を過ぎて長い廊下を歩いてきた男は、ヘルメットを抱え、ぴっちりした膝丈の黒いサイクリングウェアを着ていた。ジッパーは首まで上げられ、腕の部分にはクレジットカードや電話が入る大きなポケットが付いている。ぴかぴかのサイクリングシューズは、通常の紐ではなく太いストラップで留めるタイプのもので、歩くたびに靴底のクリートがラッカー塗装の床に当たって大きな音を立てた。

ロードバイクのハンドブレーキ。それが先ほどの甲高い音の正体だった。

「ようこそ。きみがデンマークからのゲストか？」

小児性愛サークルのリーダーは、ホフマンの予想とはまったく違った。

年齢は推測どおり六十前後。だが、それだけだった。見るからに健康体で、運動選手と見紛うほどだ。ヘアスタイルも顔立ちも態度も、ある意味では洗練され、成功した大企業のCEOと言われてもおかしくなかった。

「あんたがオニキスなら、俺が誰だか知ってるはずだ。俺が公園でされた質問を考えたのはあんただろう？」

上品で礼儀正しい笑い方。レニーの奇妙な笑いとは似ても似つかない。

「そのとおり。言ってみれば、すでに代理人を通じてきみに質問をしたというわけだ。そして、きみが正しく答えた結果、われわれはここにいる。秘密の友人三人が、ついに一堂に会した」

「俺の理解が間違ってなかったら……四人目も来るんだろう？」

「マイヤーもあとから合流する。いまはほかのゲストたちの面倒を見ているんだ。若いゲストたちの」

礼儀正しくさわやかな笑いは、どういうわけか、レニーの奇妙な笑いよりも不気味に思えた。

「シャワーを浴びさせてもらおう。すばらしい友人たちとの食事の席では、きちんとしていなければならない。今日はいつもより少し風が強かった。そもそも、ここにたどり着くまでには何度も山道を登らなければならないからな」

彼はカチャカチャ音を立てるシューズのストラップを外し、自転車の鍵と薄い手袋を籐椅子に置くと、白い戸棚を開けて分厚いバスタオルを取り出した。

「きみもあちこち移動しないといけないのなら――せっかくだから運動をしたらどうだ？ 自転車は乗るのか、ラッシー？ 見たところ、引き締まった身体をしているようだな。わたしの場合はサイクリングと気功だ。呼吸。エネルギー。必要なのはそれだけだ」

シャワーは廊下の突き当たりにあるのだろう。健康で洗練された男はそっちへ向かおうとしていた。

「それから、断続的な断食もおすすめだ」

男は部屋の入り口でふと立ち止まり、サークルの友人たちを見た。

「レニーにも言ったんだ。運動、断食、NMNサプリ、朗読――これが細胞を活性化させる。運動して、正しく食べる。ごく簡単だ。寿命を延ばしたいのなら」

そう言い残すと、彼はふたたびバスルームに向かって歩き出し、廊下に出てドアを閉めた。

名前のないサークルのリーダー。今回の潜入捜査の最大の目的かつ標的。

ほどなく屋内の配管から水の流れる音が聞こえてきた。バスルームのドアの上部にある八角形の窓がすぐに曇って白くなる。

その間、ホフマンの頭からは、その中にいる男が置き去りにしたものが離れなかった。

汚れなき身体。煤まみれの魂。

活性化？　寿命を延ばす？

生きながらえることに取り憑かれた男――ひたすら子どもたちの心を損なうために。

九十年？　百年？

あと何人の子どもを破滅させるつもりなのか？

「毎回、少量のウォッカで締める――きわめて純度の高いアルコールだ。グラスの縁にレモンのスライスを添えて。余計な添加物は、いっさいない」

ピート・ホフマンの人生で最も奇妙な夜だった。

ふたりの小児性愛者が細胞を活性化させる食べ物を食べながら、裸の子どものことや彼らを操る方法について話している――そのあいだ、三人目の男はテーブルの反対側に座り、小児性愛者を演じつづけるために理性を残らずかなぐり捨てようとしていた。

ビーツと海藻のサラダ、人参のレモンマリネを添えたフムス、ライムとコリアンダー風味のマンゴーチャツネ、ケールチップスとカシューナッツディップ、特別な水源から採取した特別な水。

汚れなき身体――煤まみれの魂。

レニーと名乗る男はあまり口を開かなかった。ラッシーと呼ばれる男も。オニキスと名乗る男がほとんどひとりでしゃべっていた。その洗練された男は礼儀正しく話し、感じのよい声で自分の考えを述べた。曰く、いつか世界は、こうした形の関係があらゆる文明に存在していたことを理解し、かならずや大人と子どもとのあいだの愛が受け入れられる日が来ると。

それまで彼らは——待ちながら——身を隠す必要がある。

自分たちの愛を隠す。

海を望む仮の聖域で会う。

これまでのところ、ピート・ホフマンは何も心配していなかった。変装はうまくいっている。まさに彼らが写真で見たカール・ハンセンそのものだった。怒りを封じこめさえすれば、会話、動作、態度も問題ないだろう。最も優先すべきは——正体がばれ、いままでの苦労が水の泡となり、彼らが話題にしている子どもたちを救えない危険を冒してまでも——グレーンスとビエテに約束した写真だった。現時点で身元のわからない男を顔認証システムで検索するのに必要な写真。

そのためにホフマンは、断わってからアンティークのダイニングテーブルの席を立つと、軽く背中を揺らしながら両腕を頭上に伸ばしはじめた。

「ずっと座りっぱなしだったからな。飛行機、車、得意先回り、それにこのすばらしい夕食のあいだも。少し血を巡らせないと」

オニキスは許可するかのようにうなずいた。あるいは、身体をいたわるのは賢明なことだと同意するかのように。ホフマンは身体を前後に倒す動作を繰り返す。すると、シャツのポケットに入れていたものが分厚くてやわらかいカーペットの上に落ちた——数枚のクレジットカード、車のキー、携帯電話の充電器、ＵＳＢメモリ。彼は詫びると、ひざまずいてひとつずつ拾った。そして、ヤシの植木鉢の下に入りこんだＵＳＢメモリを手にすると、短いほうの側面をオニキスに向け、反対側を親指で軽く押した。三回。超小型カメラで撮影した三枚の写真。

関節だけでなく——最も重要な任務が完了したおかげで——胸のこわばりもほぐれたピート・ホフマンは、席に戻ると、食事の締めくくりの儀式に参加した。薄くスライスしたレモンを添えたピュアウォッカ。向かいの席のふたりと乾杯。

ところがオニキスはグラスを掲げず、代わりに、ホフマンが細々したものを入れたばかりのシャツのポケットを指さした。

「それを見せてもらえるか？」

ピート・ホフマンは仕方なくゴールドのクレジットカードを取り出した。カール・ハンセン名義のダンスケ銀行のカードで、コペンハーゲンの煙だらけの地下室で、ソンニィから新しいパスポートと一緒に餞別としてもらったものだった。

「いや、それじゃない」

「なら、どれのことだ……？」

「USBメモリだ」

「どうして？」

「ちょっと見てみたくなっただけだ。それとも……何か問題でも？」

ホフマンは叫びたい衝動に駆られた。

ああ、大ありだ。これは警察の捜査の一環で使われている超小型カメラだからだ。最後の三枚はおまえの写真だからだ。

「いや、とくに」

彼はテーブルの向こう側から差し出された手にUSBメモリを押しやった。

「レニー——きみのノートパソコンを持ってきてくれ」

応接間のオフィスにあったノートパソコンが、空の皿やグラスを押しやって、小児性愛サークルのリーダーの前に置かれた。

「さっきも言ったが、ちょっと見るだけだ」

驚くほど多くのデータを保存できる、ちっぽけなプラスチック。

それがレニーのパソコンと一体となる。

「こいつは驚いた……」

オニキスは無言で目の前の画面を見つめながら、マウスを前後に動かして写真をスクロールさせ、ときおり止めては、ふたたび続きを表示した。

「こんなの見たことあったか、レニー？」

ピート・ホフマンはパソコンの裏側を見つめることしかできなかった。メモリに何が保存されているのか見当もつかずに。

「これはすごい……ラッシー、とびきりのものを持っているじゃないか。きみのカトリーナの写真とは違って――もちろん悪い意味ではない。だが、ほかの子どもも目の保養だ。見たこともない子どもたち。デンマーク人か？　スカンジナビア系だろう？」

ホフマンはようやく平静を装ってテーブルの反対側に回った。

ふたりの小児性愛者の背後に立ち、彼らの見ているものを見た。

安堵の息をついた。

スティーヴンが――あるいは戦争で負傷した彼女の夫が――きっちり務めを果たしてくれたおかげだ。そのUSBメモリには、服を着ていないブロンドの子どもの写真が九十四枚保存されていた。万が一、誰かに見つかったり、調べられたりした場合に備えて。このカール・ハンセンに疑問を抱く者が現れた場合に。おかげでふたりは大量の児童ポルノに夢中になり、隠しカメラには気づかなかった。

最後に撮影された写真にも。

「ああ、みんな北欧出身だ。普段は……ホテルの部屋で少し寂しくなることもあるからな」

「それにしても、このメモリ、これを持ち歩いているのか——このままの状態で？」

この独特の丁寧な話し方は、態度によって声の高さだけでなく大きさも微妙に変わる。高めで静かな口調は威嚇——〝さっきも言ったが、ちょっと見るだけだ〟——、より低くて大きな声は感銘——〝こいつは驚いた〟——、そしていまはふたたび高く静かで威嚇的な口調に戻っていた。

「自分で持ちこんだのか？　この国に？」

いよいよ〝嘘〟の出番だ。暴力とともに習得した、潜入捜査員に欠かせない手段。

「そうだ」

「アメリカの税関を通って？」

もはや自分自身でも信じていない嘘。だとしたら、どうやって他人に信じさせられるというのか？

「ああ。最高レベルの暗号化だ。間抜けな税関職員が中身を見ようとしても……ぜったいに見られない自信がある」

「だが、いまはちっとも暗号化されていない。そうだろう？」

嘘は、つく側とつかれる側が信じたときにのみ事実となる。そのためには互いに相手を知らなければならない。

「されていた」

「いた？」

「最初の晩、ホテルで解除するまではな。待ちきれなかったんだ……わかるだろう？」

オニキスは長いこと画面の写真を見つめていた。

じっくりと眺めていた。

判断を下すまで。

彼はUSBメモリを取り外すと、ホフマンに返した。それ以上はスクロールせずに。最後までは見なかった。

「もういい、わかった。では、今度はわたしの番だ……」

オニキスは笑みを浮かべた。

一方のピート・ホフマンは、できるだけひそかに息を吐く。またしても。

ふたりはまた一歩、近づいた。

「……もちろん、きみが見たければの話だが。わたしの最新作だ。また別のジャンルの」

リーダーは画面上のファイルのひとつをダブルクリックし、そのファイルが開くまでの数秒間にこのうえなく誇らしげな表情を見せた。

「サークルのメンバーには明日まで送らないが、特別に少しだけ見せよう。レニーには昨日見せた」

レニーも誇らしげに背筋を伸ばした。

信用された。選ばれた。

ふたりはホフマンが前に出て肩越しにのぞけるように、少し間を空けた。

その瞬間、見えた。それが何を意味しているのか理解した。

「ボウルを何度か交換した。プラスチックでいろいろなサイズや色を試した。犬用も猫用も。だが、これを見つけて――ようやく完璧な写真になったんだ。金属製で、ほかのものより小さい。これならうまく食べられる」

その少女は、いつもの写真に写っている少女たちよりも年上だった。ホフマンの息子のヒューゴーは十一歳だが、その少女はそれよりも二、三歳上だ。コンクリートの床に裸で四つん這いになり、本当に金属製の猫用のフードボウルで食事をとっていた。

「トイレは？」

無理だった。じっと立っていられなかった。

「向こうか？」

声、冷静。

「それとも二階か？」

呼吸、冷静。動作、冷静。

足元から激しく噴き上げて、喉の内側を焼き尽くすものをぜったいに、何があっても抑えこまなければならない。

「シャワーの奥だ。右側の三番目のドア」

ホフマンは礼を言い、急ごうとする脚をなだめて、必死に通常の歩幅を保った。

落ち着け。落ち着くんだ。

ドアに鍵をかけるまで、どうにかこらえてから、トイレの蓋に座りこんだ。できることなら泣きたかった。思いきり。だが、だめだ。そんなことをするわけにはいかない。泣き腫らした目は隠せない。

プリペイド式携帯電話の一台——またしてもスティーヴンの機転で、入手可能な最小サイズの機種——を太腿の内側のほぼ股間に近い部分にテープで貼りつけてあった。

「ピート？」

ソフィアは最初の呼出音で出た。あたかも電話を手に、応答ボタンに指先を置いて眠っていたかのように。

彼女の声──抱きしめたかった。隣で寝て、肌のぬくもりを感じたかった。

「ピート、どうしたの──」

「俺にはできない」

「どこにいるの？」

「降りる。こんなのは初めてだ。とにかくからっぽなんだ──何もない。ソウ……何ひとつ残ってない」

彼女は夫に話をさせた。

十三歳で用済みとなった少女について。もっと幼い子どもが連れてこられるまでのあいだ、小児性愛者たちに屈辱を与えられ、金属製の猫用ボウルの隣に裸で寝かせられていること。オニキスと名乗る男について。健康志向のメニューが並んだ食事の最中に聞いた話──オンラインでの売り上げのおかげでもはや働く必要はないが、獲物を探すだけのために、自閉症の子どもが通う学校で最近仕事を始めたと自慢していたこと。元妻と親権を共有して、誰にも邪魔されずに気楽な離婚生活を送っていること。そして、大人と子どもが悪戯や遊びで性行為を行なっていること。しかも、それは子どものほうから望んだらしいということ。

ホフマンは、すべてを吐き出した。

そのあとで、今度はソフィアがやさしく話しはじめた。ほとんどささやくように。この任務はぜったいに、何があっても続けなければならない。彼らが目にしている変装姿を保たなければいけない。あと少しだけ。あの写真の子どもたちのために。サークルのメンバーに傷つけられるかもしれない、すべての子どもたちのために。あなたが相手にしている人たちは、生きているかぎり毎日、あらゆる子どもに傷痕を残す病んだ倒錯者だから。

ホフマンは耳を傾けていた。知っていた。

ソフィアは自分自身について話している。長いあいだ、こんなにそばにいたにもかかわらず、話してほしいと訴えたにもかかわらず、けっして明かそうとしなかった過去について。

「わたしは……これまであなたに話したことはなかった。自分がどんな目に遭ったのか」

だがいま、ようやく話している。夫を信頼している。彼が妻を信頼しているように。

「わたしたちが初めて会ったとき、ピート、たぶん……いいえ、覚えてるはずよ。わたしの身体。性欲。際限がなかったこと。あなたがそう言ったのよ。満更でもないって。だけど、その一方であなたは怯えていた。ときどき……そう、何もかも。そしてときどき、わたしは心を閉ざした。あなたを締め出した。決まって自分の都合で。自分の都合。傷を負った。それがわたしだった。いまだにそう。だけどいまは、あなたを信じてる。身体があなたを信じてる。わたしが理解しなくても、身体がわかってる。どんなふうに触れられたら……」

彼女は最後まで言えずに泣いた。

ずっと話したいと望んでいたことだが、いまのホフマンには聞くだけの力もなかった。

「ソウ、俺は……」

一緒には泣かなかった。我慢した。耐えられる話ではなかったにもかかわらず。

「続きはまた今度話すわ。最後まで。あなたが帰ってきたら。その少女たちは何も考えていない。考える勇気がないから。理解することも、感じることもできない。でもいつか、運がよければ――その子たちもピートみたいな人に出会えるかもしれない。だけどそれまでは……ピート――徹底的に壊して！　そのおぞましいサークルを。わたしのために」

ソフィアの息遣いが聞こえる。

「わたしには助けてくれる人はいなかった。だから、その子たちを助けて。聞いてる、ピート？」

彼はいつものように二度、電話にキスをした。いつものように偶数回。そして、彼女の声を心に留めたまま切った。

トイレを流し、少しのあいだ蛇口の水を出しっぱなしにした。からっぽの男の痕跡を洗い流した。

その後、USBメモリの隠しカメラから携帯電話に写真を転送し、グレーンスに送った。オニキスの顔が明らかになった。これで、現実でもデジタルの世界でも、さまざまな手段で彼の本名を調べることができるだろう。

ホフマンがダイニングルームのテーブルに戻ると、コンクリートの床に横たわった少女の代わりに、カール・ハンセンの最新のシリーズ写真が表示されていた。つまり、この場では彼の作品ということになる。レニーとオニキスのどちらが、より夢中になっているのか、恍惚としているのかは判断がつきかねた。

「どの部屋なんだ？」

とくに意味のない問い。小児性愛者どうしが交わす雑談。

だが、今回は違った。

ピート・ホフマンはそれ以外の何かを感じ取った。

「仲間と娘をシェアして楽しむなんてな。このすばらしい写真はどこで撮っているんだ?」

　リーダーの質問は尋問に聞こえた。

　ますます冷静になる必要がある。

　そもそもシリーズ写真を全部見ていなかった。エンシェーデのキッチンでグレーンスに押しつけられた最初の一枚——九歳の少女の写真——だけでじゅうぶんだった。あのときは、とにかく時間との戦いだった——他のすべての準備と並行して、ネットワーク上の写真やチャットメッセージの概要を把握しなければならなかったのだ。サークル内の会話の内容を大まかに理解するために、各メンバーのシリーズ写真から一枚を抜き出して記憶するのが精いっぱいだった。短い時間では、それが最も重要だと判断したからだ。いまになって、ホフマンはグレーンスから聞いたことを必死に思い出そうとした。ハンセンがどのように写真撮影の段取りを立てたのか。少女の母親はどこまでかかわっていたのか。

「俺はたいてい写真に写ってるから、妻が撮るんだ。手を貸してくれる。とくに気にしてない」

　たしかそうだったはずだ。

　ふいにホフマンは不安になった。

　あの逮捕された女も共犯者ではなかったか?

「奥さんが？　すばらしい。それで、どの部屋なんだ？」

写真はどうなっているか？　裸の少女の背後は？　壁紙は？　家具は？　ランプは？　ラグは？

「なぜそんなことを知りたい？」

「場所は行為と同じくらい大事だ」

ピート・ホフマンは、自分が住んでいたことになっている、しかし訪れたことは一度もないアパートメントの外観を必死に思い起こした。

「リビングだ。だいたい、いつも」

「リビングには見えないが」

内心の不安を気取られないようにする必要がある。

「三人で狭いアパートメント暮らしだ。世間の家のリビングとは違うかもしれない。だが、うちの家具の配置はそうなっている」

「本当に？」

「何がだ？」

「きみの家に行ったときは、こうではなかった。きみと一緒に」

ほんの一瞬、バランスを失う。ピート・ホフマンは誰にも気づかれなかったことを願った。

「俺の家に？　俺と一緒に？」

「そうだ」

ビエテとグレーンスから送られてきた情報とは異なる。ふたりの説明では、カール・ハンセンは一家で初めて他の小児性愛者を訪ねる予定で、荷造りを終えていたという。そのタイミングで両親が逮捕された。ビエテとグレーンスによれば、ハンセンはそれまで仲間と会ったことはなかった。

それとも——会っていたのか？

ラッシーとオニキスは顔を合わせたが、ビエテが発見した会話には跡を残さなかったのか？

「いいかげんにしろ！」

ピート・ホフマンは決断した。これまでと同じようにする。これが彼の仕事であり、人生だったころと同じようにすると。疑われることが、死や危険や戦いだけでなく、渇望も意味していたころ。対決を挑まれることへの渇望——何カ月も、ときには何年ものあいだ、潜入しているマフィア組織をより深く調べて破壊するべく、いまいましい質問に淀みなく従順に答え、ひたすら息を潜め、最後にようやく対決の時を迎えるために。

「もうたくさんだ！」

攻撃を開始するつもりだった。不安を確実に隠して。

「あんたは俺をメンバーとして受け入れて、尋問をされることなく、俺のカトリーナの写真を何度も受け取った――楽しんだじゃないか。なのに俺がこっちに来たら、公園で面接を受けさせられて、あんたは俺をテストしないと認めない。なんなんだ、オニキス、こんなゲームみたいな真似はもう我慢できない！」

ホフマンの知る世界では通常、攻撃が効果を発揮する。ここでは？　いまは？　見当もつかなかった。

美しい景色を望む美しい部屋で、沈黙が空気を残らず吸いこむ。その沈黙と同じくらい、彼は空虚だった。

「きみの写真は……」

ホフマンはリーダーに向き合っていた。ピート・ホフマンがやりすぎたかどうか、判断するのはリーダーだ。彼が助けに来た子どもに対して、もう少し監視を強めるかどうか。

「……どれもすばらしい。きみは几帳面だ。ベッドはきちんと整えてある。テーブルセッティングも趣味がいい。じつに美意識が高い」

「俺の家に、というのは？」

「忘れてくれ」

「俺と一緒に、というのも？」

ホフマンは賭けに出た。だが、切り札はビエテとグレーンスから得た情報のみだ。しかも、確信がないのにあるふりをして使わなければならない。最後の手段として。

「どういう意味だったんだ？」

「きみの言うとおりだ。そんなことを口にするべきではなかった。わたしもよくわかっている――場所は行為と同じくらい大事だと」

ピート・ホフマンの緊張はわずかにほぐれた。この世界の犯罪者にも攻撃は効果的だった。

オニキスは親しげな笑みを浮かべた。が、長くは続かなかった。

申し分なく年齢を重ねた顔の皮膚はこわばり、唇は引き結ばれ、淡い青色の目が鋭くなる。

「場所は行為と同じくらい大事だと書いたのは、きみだ」

ホフマンは答えなかった。リーダーの息遣い、抑えた怒りが続きのあることを示していた。

「さっきもその言葉を口にしたが、きみは反応しなかった。最初に書いたのはきみだというのに、ハンセン。われわれに、わたしに仲間に入りたいと言ってきたときに。グループのメンバーになりたいと。われわれはあの表現が気に入った。わたしは気に入った——きみは、わたしがずっと感じていたことを言葉にした。だからきみの参加を認めたんだ。最後のひとりとして。それで門を閉ざした」

真一文字に結ばれた口。氷のように冷ややかな目。

ピート・ホフマンはリーダーの言わんとすることを理解した。自分は、たったいまボロを出した。彼らの正体を暴かないうちに自分の正体を明かしてしまった。

「場所は行為と同じくらい大事だ。たしかに俺はそう書いた」

不安を隠す。

「俺がずっとそう感じていたからだ」

確実に。

「そう感じていたのは自分だけだと思っていた」

これも罠なのか？　ハンセンはそんな言葉を書かなかったのか？　リーダーがハンセンのデンマークの自宅を訪れたことと同様に作り話なのか？

「あんたに連絡して、俺だけじゃないと気がつくまで」

「もしそうなら——ほかと比べて積極的でもある。そうだろう？」

リーダーは声も表情も変えなかった。だが、はたしてそうなのか？　目の錯覚ではないのか？　いまのは罠だったのか？　だとしたら、どうにか免れたのか？　それとも――またしても失態を演じたのか？

「積極的？」

「つまり、わたしがそうだったという意味だ。きみを訪ねたのがわたしだったら。デンマークの特別な場所に。写真でしか見たことがない少女と会うために」

写真でしか見たことがない。

やっぱり。認めた。オニキスはデンマークに行ったこともなければ、ハンセンの自宅を訪ねたこともない。ピート・ホフマンは賭けに出て、勝った。

少しだけ肩の力が抜ける。

そのとき大きな音に遮られた。誰かが玄関の呼び鈴を鳴らしているのだ。

「きみも写真でしか会ったことのない人物に会えるぞ」

ふたたび呼び鈴が鳴った。耳障りなピンポン音が壁に跳ね返ってしつこく響く。オニキスがうなずいてみせると、レニーがドアを開けた。

少女がふたり。またしてもラスムスと同じくらいの年齢。いや、もっと幼い。七、八歳くらいだろう。

「ようこそ」

レニーが少年っぽく笑いながら、大げさにお辞儀をした。少女たちは外に立ったままだ。

「早く中に入れ。大人を待たせるのは失礼だぞ」

男の声。子どもたちの後ろから。ドイツ語訛りの強い英語。

マイヤーと名乗るメンバー。レニーと同様に、すでに自分の正体がばれていることには気づいていない。グレーンスの説明によれば、ビエテによって、度重なる児童への性的暴行で長期刑の判決を受けたのち、現在は仮釈放中のハンス・ペーダー・シュタインだと特定されている。そして、そのマイヤーは――ホフマンがオニキスの本名を突き止め次第――〝眠りの精〟作戦によって他の大勢の小児性愛者とともに一斉に逮捕され、身柄を拘束されるだろう。

「かわいらしい交換留学生だ。ジュリアとリン」

ドイツ人に軽く押されて、ふたりは透きとおるような手を差し出した。わずかに背の高いほうの、金髪をポニーテールにまとめ、もとは澄んだ青色の目を赤くした少女が、ぼんやりとピート・ホフマンを見つめた。そのすぐ右側にいる少女は、床を見つめたまま、震える手で挨拶をする。少なくともピートはそう思った。だがほどなく、震えているのは自分の手だと気づく。不安でじっとり汗をかいた指だと。

ようやくわかった。自分は積極的に振る舞うことを求められている。なぜ場所は行為と同じくらい大事なのか。小児性愛サークルのリーダーの言葉——写真でしか見たことのない少女たちに会う——が何を意味するのか。

カール・ハンセンの外見に包まれたホフマンは、自分がなんのためにここまで来たのかをようやく理解した。

「スカオル？」

「そんな感じだ」

「スキーオル？」

「かなり近い」

　ウォッカはグラスになみなみと注がれていた。ピュアウォッカだが、思っていたよりも苦い。彼らは祝っていた。皆で集まれたことを。交換留学生が無事に着いて、特別な小道具の並んだ棚を備えた大きなベッドが中央にある部屋で待っていることを。

「わたしは海を愛している。ここで過ごす時間も、デンマーク人のゲストから新しい言葉を習うことも同じように愛している」

　優雅だ。垢抜けている。親しみさえ感じる。オニキスは新たな友人のラッシーにデンマーク語を話すよう求め、しばらくのあいだ、間違いなく心から楽しんでいる様子だった。

ピート・ホフマンはスウェーデン語とポーランド語を話し、スペイン語と英語も不自由しない程度に扱えたが、いま母国語であるはずの言語に関してはなんの感覚も持ち合わせていなかった。そこで、うまくごまかして、スウェーデン語を元にデンマーク語らしくしゃべってみせた。他のサークルのメンバーは三人とも――マイヤーと名乗り、地理的に近い国の言葉を話す男でさえ――気づかなかった。彼らは笑い、昔からの友人どうしが夜を過ごすように隣り合って立ち、親交に乾杯し、関心を分かち合った。

「だが、あいにく失礼しなければならない。海は次回もここにある」

最初、ピート・ホフマンは相手の言葉を間違って理解したのかと思った。だが、いまだに匿名のリーダーがウォッカのグラスを持ってキッチンへ行き、軽くゆすいで食器洗い機に入れるのを見て、聞き違いでないことがわかった。

彼は帰ろうとしている。

本名を明かさないまま。

ホフマンは状況を把握しようとしたが、理解が追いつかなかった。これまでの話の流れでは、全員そろって夜を過ごすことになっていた。交換留学生たちとともに。だが、オニキスという呼び名しかわかっていないこの男が帰ってしまったら――。これから他のメンバーに気取られることなくこの男に接近し、正体を暴くつもりだったのに、このまま、すでに名前も居住地も判明しているふたりとここに残ってどうするというのか。たとえこの小児性愛サークルを潰しても、首謀者が捕まらなければ意味がない。もしこの男が、新たな小児性愛者たちと新たなサークルを始めて子どもたちをレイプしたら……もし……

それだけは阻止しなければならない。

「灰皿が見当たらないが」

「というと?」

「室内では禁煙なのか?」

「誰も煙草は吸わない。レニーもやめた」

ピート・ホフマンは弁解がましくほほ笑んだ。

「俺もやめようと努力はしたんだ。だが、今夜のことを考えるとな……少し出てくる。一本だけだ」

そう言って、ホフマンはポケットから煙草の箱を取り出した。ここに来る前に買って、ときどき吸うように見せかけるために、中身を半分捨てておいたのだ。彼は返事を待たず、暗黙の了解を得たものとして、振り返りもせずに、そのまま玄関のドアへ向かって階段を下りた。持ち時間はせいぜい一分程度だろう。まずは煙草に火をつけ、窓からの視線を感じつつ、何度か深く吸う。それから砂利道をぶらぶらと歩きはじめた。

当初の計画では車の下に取りつけるつもりだった。ところがオニキスは予想を裏切って、自転車に乗ってきた。また、必要以上に怪しまれないように、監視カメラはもう少し待ってから電波を妨害しようと考えていた。

だが、完全に計画は狂った。

こうなったら、ぶっつけ本番で行動するしかない。

見つかるのを覚悟で。一か八かだ。

ホフマンは煙草を吸いながらゆっくりと歩いた。全身が焦燥感に駆られながらも。砂利道から草の中に分け入り、心を落ち着かせてあたりを見まわす。

あそこだ。

家の裏側に立てかけてある。

窓から見えないことを確かめ、せめていまだけは誰も監視カメラのモニターの前に座っていないことを願う——そして走り出した。家の側面のほうへ。ここにあるすべてのものと同じく高級なロードバイクのほうへ——電動ギア、カーボンファイバーのフレーム、一万ドルもするような自転車。

だが、ベルはない。隠し場所にうってつけだったのだが。

しかたがない、電動ギアのバッテリーだ。

煙草の箱をひっくり返して振ると、薄い長方形のプラスチックが出てきた。SIMカードほどのサイズ。それを親指と人さし指ではさむと、四角い小型バッテリーとフレームのあいだの隙間に押しこみ、ペダルとチェーンの上部に固定した。

世界最小サイズのGPSトラッカー。スティーヴンの提案。

鳥や小動物の行動調査用に作られたもので、位置情報を取得してグーグルマップに表示する。

そのデータはピート・ホフマンの携帯電話に直接送信される。

彼は走って戻った。窓から見える場所まで。それから玄関に向かってゆっくりと歩き、ドアの前まで来ると、火のついた煙草をこれ見よがしにサンダルの踵で踏みつぶした。

どうにかやり遂げた――あとは予定どおり進めればいい。レニーとマイヤーを取り押さえて縛り上げ、地元の警察に引き渡すのは問題ないだろう。GPSから携帯電話に逐一送られてくる道順を辿ることも。バッテリーが自転車の持ち主の家に到着するころには、ピート・ホフマンは少し離れた場所に車を駐めて、グレーンスとビエテに連絡する。そしてふたりはドイツ、スイス、オランダ、ベルギー、イギリス、イタリア、アメリカの各警察にゴーサインを出し、各国で同時に逮捕に踏み切る。

任務完了。

そうなるはずだった。

頭の中でさまざまな考えがぐるぐる回りはじめなければ。

ハ。ハ。ハ。ハ。

玄関のドアを開けて中に入り、ダイニングテーブルで待っている面々に話しかけようとしたとき、いろいろな音が、どんなに、どんなに、どんなに相手を探してもつながらないかのようだった。言葉と文が、もはや一体ではなく、まったく別のものであるかのようだった。

一万ものとりとめもない考えが猛スピードで頭を駆け抜けていく。と同時に手足が伸びて絡まり合う。

ハハハハハハ。

頭が理解する前に身体が理解する。

薬。そのせいだ。

思っていたよりも苦かったピュアウォッカ。

ハハハハハハハハハハ。

少年のような笑い声。

レニーの巨大な口から流れ出す奇怪な笑いが、緑のマルハナバチ、甲高い声で鳴く白いハイエナ、泥臭くて塩辛くてべとついた、ゆらゆら漂う黒い海藻になった。

「愛の爆弾」

空の皿の前に座っていたレニーがウォッカのグラスを掲げた。そして幼い子どものように、ピート・ホフマンの見開かれた目を、彼の魂をまっすぐ見つめた。

「薬物だ、ラッシー。おまえの胸で愛の爆弾が爆発した」

囚われの身。
自分自身の中に。
心の闇の中に。何者かが、もはや存在しないドアに鍵をかけた。
動けなかった。考えられなかった。眠っていたが、目は開いていた。何も見ずに。
彼は内なる牢獄の看守となり、逃げ出すことができなかった。

ほんの、ほんのわずか一瞬の覚醒。

レニーに気づく。

マイヤーに気づく。

だが、オニキスの気配は感じなかった。

「デンマークの友人にちょっとした歓迎のプレゼントをしてやろうぜ」

ほんの、ほんのわずか一瞬の、飛びまわる儚い晴れ間。

ふたたび目が見え、ふたたび理解し、ふたたび考えがぶつかり合い、腕が絡まり合う自身の身体を動かしはじめた、ちょうどそのとき。

「ひょっとしたら、こいつは友人でもなんでもないかもしれない。ひょっとしたら……嘘をついてるのかも」

場所は行為と同じくらい大事だ。

疑われていた。失敗したのだ。転げ落ちた。

薬の罠に。抜け殻の状態に。

ピート・ホフマンは薬物の手から逃れようとした。全力で。

だが、失われたのは思考力と身体機能だけではなかった。

オニキスもだ。

リーダーはもはやここにはいない。

だからレニーはしゃべっているのだろう。

「ふうむ。おまえの言ったとおりだ。これで俺たちだけになった。おまえと俺とマイヤー。おまえが俺たちの夜をぶち壊したせいだ。オニキスを帰らせたせいだ。リーダーはとにかく用心深くて、撮影するときにはここにはいないんだ。それが今夜の計画さ。撮影する——おまえを。だから家に帰った。いつものように離れたところで見ながら、おまえがいったい誰なのか、ここで——俺たちの聖域で何をしてるのかを調べるために」

ヒステリックな少年の笑い声。

「それか、もしそうしたければ——いまここで証明してみせてもいいんだぞ。自分で。おまえが嘘をついていないと。本当に俺たちの仲間だと」

緑のマルハナバチ。甲高い声で鳴くハイエナ。臭い海藻。

「子どもにどんなことでもできると見せてくれ」

ホフマンは立ち上がった——どうしても、なんとしてでも立ちたかった——が、脚は動かなかった。身体は意志を失っていた。レニーとマイヤーは彼の腕をつかみ、ふたりの少女が待つ部屋へと引きずっていく。

「ほら、ここだ」

ピート・ホフマンは一瞬たじろぎ、身をよじろうとしたが、力の弱い太った男たちがわけなく彼を押さえつけていた。

無力。無気力。あきらめ。なすがまま。

逃げ出す力もない。

「楽しむといい。みんなで、大人も子どもも」

ホフマンはふたりの少女を見つめた——見つめて叫んだ。

ふたりとも目の前のベッドに座っていた。彼と同じく薬を飲まされている。

胸に愛の爆弾。

ピンぼけと鮮明。静寂と騒音。はるか遠くとすぐ隣。

「無理だ……」

声すら出てこなかった。

「……できない……」

途切れ途切れの言葉だけ。

「……こんな……」

彼はカメラの目を必死に探した。撮影中のはずだ。ロードバイクを家の壁に立てかけ、自分の部屋に戻ったオニキスが見るつもりの映像。

この瞬間も見ているかもしれない。

「……このままでは……」

「心配するな」

ホフマンは何度となくレニーとマイヤーから腕を振り払おうとした。

だが、何も変わらなかった。

「俺たちが先に子どもの服を脱がせる。次におまえの。ふたりが飲んだのは、おまえとは別の薬だ。それに、どうすればいいかは心得てる。これは言ってみれば……罰ゲームだ。おまえは自分で名乗った人物ではない。別人だ。俺たちを騙そうとした。場所は行為と同じくらい大事、そうだろう？　これからおまえがすることを映像にして売る。みんなが新しい顔にいくら払うか、知ってるか？　それが今夜の目玉だ――おまえの顔をさらす。顔の下の顔を。顔を出せば大金を稼げる。頭の映ってない身体よりもはるかに。そうだな…

…おまえの場合……一度にふたりを相手にして——少なく見積もって一本につき千ドルだ。しかも媒体はひとつじゃないし、無数の買い手がいる」

　またしてもピート・ホフマンは腕を引き剝がそうともがき、叫んだ。だが、うまくいかず、声も出なかった。

「それに何よりも、この件で誰かが刑務所行きになるとすれば、それはおまえだ。大儲けできるうえに、おまえが身代わりになってくれる。久々のビッグチャンスが、自分からやってきたってわけだ。その金を元手に、さらにビジネスを拡大できる。おまえのおかげだ。もっとパスポートを偽造する。もっと交換留学生を連れてくる。美しい子どもを探し出すリクルーターも増える」

　万事休すだ。

　ホフマンは追いつめられた。

　一方で、あのほんの、ほんのわずか一瞬の晴れ間が戻りはじめる。

したがって、全員の了解を得ておきたいのは、あなたとわたしと国家捜査局は互いに無関係だということです。

　不測の事態について、ビエテと話し合った際の言葉や光景がよみがえる。

最悪の事態になった場合、つまり最終的にデンマーク警察の介入が必要になった場合は、あなたのことはまったく知らないと証言します。

　言うまでもなく、あのときは了承した。

　それが潜入捜査員の仕事の流儀だ——自分だけを信じろ。

　あのときは——男たちに外側から引き裂かれると同時に——いま内側から自分を引き裂いているパニックがどんなものか、想像もつかなかった。

　薬のせいで攻撃も抵抗もできないのがどんな状態なのか、知る由もなかった。

最後の叫びはかすれたささやき声にのみこまれ、ほとんど音にならなかった。

自分がどこにいるのか、そもそも存在しているのかどうかもわからなかった。

超現実的な現実か？

だとしたら、ふたりの男が自分をベッドに押し倒そうとしている。

それとも現実的な超現実か？

だとしたら、ふたりの男が腕を縛り上げている。

それとも非現実的な超現実か？

だとしたら、ふたりの男が服を脱がせようとしている。

それとも現実的な現実か？

なぜなら、誰かが自分を押し倒して、誰かが腕を縛り上げ、誰かが服を脱がせている——

——それがまさにいま起きていることだからだ。

そして力は残っていなかったが、それでも彼は殴った。

殴った。

これまでのピート・ホフマンは、任務で信用を維持するために、犯罪組織を内部から分裂させるために、必要なことはなんでもやった。そうした行為は片時も頭から離れず、つねにつきまとい、夜にはぐっすり眠っているソフィアの横で何度となく彼を目覚めさせた。彼女のような心の平穏から生まれる熟睡は、一度失われると、二度と取り戻すことはできなかった。

必要なことはなんでも――だが、これだけはできない。

できない。

これだけは。

だから殴った。もう一度。

薬に支配されながらも。化学物質の作用に抗って。

嫌悪感、防衛本能、意志の力を込めて拳を振りまわした。

それが、腕を押さえつけている男たちと自分を隔てるものだった。

しかし薬の作用で感覚を失ったせいで、力の加減がまったくわからない。

自身の一撃が強いのか、弱いのか。強すぎるのか、弱すぎるのか。

それゆえ、意識のある数少ない瞬間に手を振りほどき、マイヤーの顔を殴りつけたとき、その拳に原始の力を込めた。持てるエネルギーを残らず。万が一に備えて。だから、ドイツ人の小児性愛者から血が流れ出すと、自分がそれほど強く殴ったことに、そして彼の血が真っ黒ではなく鮮やかな赤色だったことに心底驚いた。

一度殴りはじめると、止まらなかった。

次から次へと繰り出されるパンチがマイヤーの頭や首をとらえる。だが、恐怖におののいた甲高い悲鳴は別人のものだった。レニーの口から発せられた。彼は友人を助けもせずに、驚いて後ずさりしたかと思うと、顔を守ろうとした。殴られたら二度と元には戻らないとわかったのだろう。

「笑ったらどうだ、レニー」

男は身体的な暴力をひどく恐れていた。

「もっと大声で笑え！」

棚には、子どものための衣服やアダルトグッズとともに犬用のリードが置かれたままだった。ホフマンはそれを取ろうとしたが、目測を誤ってバランスを崩し、棚の鋭い角に顔をぶつけた。特殊メイクで作り上げた鼻が剝がれる。

「いいか――おまえは子どもたちをこんな目に遭わせてるんだ！」

ピート・ホフマンは部屋の入口で追いつくと、腕をつかんでレニーをドア枠に叩きつけ、首にリードを巻きつけて甲高い叫び声を遮った。

「遊びたいか？　遠慮するな！」

怒り。激しい憤り。

薬による混乱のなか、ホフマンはリードをさらに強く、強く引っ張る。

レニーの目が赤くなり、眼窩から押し出されそうになる。

首輪が気道を閉ざす。

あと数秒で、死が訪れる。

彼女が金切り声をあげたのは、そのときだった。

「やめて《スルータ》！」

スウェーデン語だ。

「お願い《スネーラ》！」

ホフマンは引っ張るのをやめた。動きを止めた。本当にこ、この子が叫んだのか……俺の母国語で？　薬のせいで脳がやられたのか？　そこに立っているのは自分の子どもなのか？　ラスムスかヒューゴーかルイーザが泣き叫んでいて……。

「やめて《スルータ》！　やめて《スルータ》！」

いったいどんなドラッグカクテルを飲まされたのか？

いつまで頭を支配されるのか？

「きみは……それはスウェーデン語か？」

「やめて《スルータ》！　やめて《スルータ》！　殴らないで。やめて、やめて、やめて！」

レニーが気を失って床に倒れているあいだに、ピート・ホフマンは用心深く少女に近づいた。金髪をポニーテールにまとめ、焦点の定まらない目でこちらを見つめている。言葉を発したのは、叫んだのは彼女だった。

「スウェーデン語を話せるのか？」

「ちょっと」

その子の友だちは床を見つめたままだった——ここに来たときと同じだ。言葉を交わすことはできない。ホフマンは、レニーの首を絞めるのを止めさせた少女と会話を続けることにした。

「名前は？」

スウェーデン語で尋ねたが、少女は答えなかった。ぼんやりとその場に突っ立っている。

「名前は？」

今度は英語。すると彼女は答えた。か細い声で。

「リン」

「本当の名前は?」

少女はためらった。

「えっと……」

「どうした?」

「リニーヤ。そんな名前だった」

かつてリニーヤと呼ばれていた少女は〝やめて！　お願い！〟と叫んだ。スウェーデン語で叫び、自分を苦しめている男の命を救った。いまはふたたび息をひそめ、うつ伏せで床に伸びている意識のない身体の脇に立っている。被害者が加害者を救ったのだ。

「この人……？」

「生きている」

彼は生き延びるだろう。自分が人生を奪った少女と同じく。

リニーヤ？

まさか……こ、この子なのか？

両親の同意のもと、当局が死亡を宣言した少女？　何年も前にラスムスと同じ就学前学《プレスクー》校《ル》に通っていた女の子？　ソフィアに捜してほしいと頼まれた子？

俺が見つけ出すためにここに来た少女なのか？

ピート・ホフマンは座りたかった。身元のわからない少女をしっかりと抱きしめて、何もかも話してほしいと言いたかった。

だが、いまはだめだ。

ふたりの小児性愛者との戦いは、いまや時間との戦いとなった。変装を見破られた。この場だけではない——部屋のどこかに設置されたカメラが、すぐにサークルの創設者にも一部始終を伝えるだろう。

しかも誰ひとり逃してはならない。証拠隠滅を図らせることも、他のメンバーに警告させることも阻止しなければ。

「この部屋にいるんだ。もうじき警察が来る。きみを助けてくれる」

少女は口を固く結んだまま、黙っていた。

ここにいたくないのだ。警察を待っているのが嫌なのだろう。ホフマンはレニーとマイヤーの身体をキッチンに引きずっていき、テラスに出る手すりに縛りつけて少女を安心させた。

ふいに身体がよろめいた。またしても。

眩暈がする。

頭が混乱する。

「なんの薬だ?」

ホフマンは、徐々に意識を取り戻しつつあるレニーを蹴った。

「おい、なんの薬を飲ませた? どれだけ残るんだ——体内に?」

太った男の首には犬用のリードが巻きついたままだった。おそらくそのせいで、答えようとして咳きこみ、苦しげに喘いだ。言葉は内側で互いにかき消し合って聞き取れない。

ピート・ホフマンは、ふたりの男の両手がしっかり縛られていることを確かめた。逃れようとして動けば、結束バンドは容赦なく皮膚に食いこむはずだ。彼はレンタカーへと急ぐ前に、もう一度だけふたりの少女を見やった。

なんと痩せ細っているのか。なんと小さいのか。

こんなにも故郷から遠く離れて。

第六部

まるで向かい合ったふたつの鏡を
のぞきこんでいるかのようだった

水滴がとめどなくガラスを伝い落ちていた。

窓の内側を。

ずいぶん前に呼吸をやめた部屋——興奮、希望、熱意が十四人の身体の熱となり、外の世界全体をぼやけさせている。エーヴェルト・グレーンスはシャツの袖で結露をこすって窓の上半分を拭くと、すぐにまた曇りそうな隙間から、朝のラッシュアワーを迎えたデンマークの首都を垣間見た。

「まだ連絡はないんですか？」

「まだだ」

ビエテは彼を見た。違う答えを期待していた。

「グレーンスさん――もうこれ以上は待てません」

「わかってる」

「連絡を取りましょう。すぐにでもリーダーの身元を突き止めないと」

「連絡をするのはホフマンだ――こちらからはいっさい連絡しない。それが条件だ」

「最も優秀な潜入捜査員、そうおっしゃいましたよね」

「間違いない」

「だったら、どうして何も言ってこないんですか」

グレーンスは彼女の手を取って脇に連れ出そうかと思った。言葉をかけたかった。説明したかった――とにかく彼女を落ち着かせるようなことを言おうとした。だが、結局やめた。世界じゅうから集まった警察官の前で、取りまとめ役に恥をかかせるわけにはいかない。そこで彼は数歩後ろに下がり、窓から離れ、デンマーク国家警察の立派な本部ビルの最上階にある会議テーブルからも距離を置いた。その見晴らしの利く場所から、たったひとりの非公式な参加者として、十三名の公式参加者たちを観察することができた。ビエテ――作戦に命名し、これまで非協力的だった法執行機関に掛け合って、ただちに作戦を実行すべきだと説いた張本人――の右隣には同僚の警部補がいる。グレーンスが田舎町のレアダルで初日に会い、ハンセン一家の事情聴取を担当した人物だ。そして左隣に座っているのは、コペンハーゲンから来た若い検察官で、ハンセン夫妻に対する訴訟の準備を進めている。そして、ずらりと並んだ各国の法執行機関の代表たち――ドイツ、スイス、ベルギー、オランダ、イギリス、イタリア。さらにインターポールの親しみやすい男性捜査官、ワシントンDCから来たあまり親しみやすくない女性、サンディエゴの検察官、アメリカ税関の職員、そしてもうひとり、ずっと立っている若い女性。グレーンスの理解が正しければ、彼女はビエテのアメリカ側のカウンターパートで、国土安全保障捜査局サイバー犯罪センターとかいう部署に所属している。

彼らは全員席を立ち、ビエテとサイバー犯罪センターの女性の前に集まった。そこに置かれた大きなホワイトボードには、チャットメッセージの相関図の拡大版が貼られている。時刻とIPアドレスをもとに、〝人物Aと人物Bはここで関係〟、〝人物Bと人物Cはここで関係〟といった具合に示された図は、裁判において、特定の時刻に児童が性的虐待を受けていたことを裁判官や陪審員に納得させるだろう。白い石の壁には、さらに別の拡大図が何枚も貼られている。国境を越えてやりとりされた、さまざまな捜査結果が、小児性愛サークルというパズルを埋めていき、運がよければ、すぐにでも証拠として採用されるはずだった。たとえば、顔のない虐待者のひとりがカトリーナに送るつもりの赤いドレスを見せびらかしている写真は、背景に写りこんだ白と黒のベッドの支柱によって、具体的な名前と関連づけられる可能性がある――来たるべき逮捕に備えて、各国の警察官はどんな些細な点も見逃さない。あるいは、〝ハーイ、カトリーナ〟と書かれたボール紙で顔を隠している写真に、緑色に塗られた木の天井が写っている場合。あるいは、エーヴェルト・グレーンスの胸の片隅にじっと留まっている悲しげな目をした少女が、青い蝶の形をしたピン留めを自分の髪から外し、人形の髪につけるまでを捉えたシリーズ写真。のちにグレーンスがデンマークのアパートメントの棚で見つけた人形だ。今回の作戦でその少女が発見されれば、この写真も証拠として用いることができる。

「エーヴェルトさん？」

後ろに下がって、精いっぱい存在感を消そうとしても無駄だった。

「まだ連絡はありませんか？」

ビエテはあいかわらず答えを期待している。

「まだだ」

グレーンスは静かに首を振った。

「われわれの情報源からは何も」

彼女は明らかに落胆していた。無理もない。

だが、エーヴェルト・グレーンスの心には別の感情がくすぶっていた。

ここにいる警察官たちは、問題の突破口を求めて世界じゅうから集まってきている。けれども、このスウェーデンの警部は、昨日のピート・ホフマンとの長い会話が頭から離れなかった。ホフマンはサンタマリアという町へ向かう途中で電話をかけてきたが、グレーンスの知る男とはまるで別人で、まったく面識のない潜入捜査員のようだった。驚くほど狼狽し、猜疑心に苛まれていたのだ。いまやホフマンの能力を頼みの綱としている部屋で、グレーンスは自分が嘘つきになった気分だった。言うまでもなく、ありのままの状況をビエテに説明すべきだったが、一方でこのチームを率いるために、彼女には問題ではなく、解決に向けて全力を注ぐ必要がある。

会議に先立ち、ビエテが参加者をひとりずつ紹介しているあいだ、グレーンスはカール・ハンセン、ドーデ・ハンセン、カトリーナ・ハンセンに対して行なわれた事情聴取に耳を傾けていた。自分たちが壊した家族——そうせざるをえなかったから。

そのとき、はたと気づいた。ホフマンの声。間違いない。

ピート・ホフマンは小児性愛者を演じて**いた**のだ。過去に潜入捜査中に連絡してきたときとは違って。カール・ハンセンの事情聴取でのやりとりとも違って。ハンセンは自身の行為を繰り返し否定していたが、あらゆる点で本物の小児性愛者の話し方**だった**。第三者があのふたりを比べたら、自分自身を信じられずにいるホフマンの声に、考えと行動の不一致、矛盾を聞き取るだろう。

少女と母親と継父に対する事情聴取は、逮捕の日の夜に事前面談を聞いたときの印象を裏づけた。本当の意味もわからずに、ときおりおぞましい事実を口にし、自分の生活が普通だと思いこんで育った少女。娘がどこにいるのか、どうしているのかを教えるよう何度も迫る母親。そして鼻で笑う継父――もちろんグレーンスには彼の表情は見えなかったものの、似たような事情聴取を何百回となく経験したおかげで、すべての言葉に質問で返す際の彼の顔つきが目に浮かぶようだった。

取調官（ＩＲ）　写真がある。おまえとカトリーナの。
カール・ハンセン（ＣＨ）　本当か？
（ＩＲ）　ああ、それで――
（ＣＨ）　俺が写ってるってわけか。
（ＩＲ）　われわれは――
（ＣＨ）　腕は見える。だが顔は？　見えるのか？
（ＩＲ）　総合的に見て、われわれは――
（ＣＨ）　総合的に見て、くだらないこと言うんじゃない。

だが、グレーンスが困惑しているのはそのこと――継父の共感の欠如――ではなかった。そうしたケースには、さまざまな形でこれまでに何度も対処してきた。それよりも、思いがけず不快感を抱いたのは母親の反応だった。娘の考えを知ること、娘を所有することに対する異常な執着。すべての言葉に質問で返す手法は夫と同じだったが、性質は異なる。娘を支配することで自分を取り戻し、自制することができると信じている母親。

エーヴェルト・グレーンスは自身の手柄を探した。それはコーヒーカップや飲みかけのミネラルウォーターのボトルに囲まれて、会議テーブルの中央に置かれていた。ホフマンが携帯電話から送ってきた写真を拡大したもの。カリフォルニアの海岸から発信された最後の生存のしるし。小児性愛サークルのリーダーと思われる男をローアングルから隠し撮りした写真。床に寝そべった状態で、高機能の超小型カメラのシャッターを押したのだろうか。ピントは完全には合っておらず、明るさもじゅうぶんではなかったが、何倍にも拡大され、いまや縦横それぞれ一メートル以上のサイズになっているにもかかわらず、顔は鮮明だった。年齢は五十代後半くらい、グレーンス自身と比べてもそれほど若くはないが、身体の状態は比較にならなかった。余分な脂肪もなければ、日焼けした肌にはほとんどしわもない。さまざまなシルバーやグレーが交ざり合っているものの、ふさふさした髪。疲れた警部よりもはるかにエネルギーに満ちた目。顔はわかった。あとは責任を取らせるための本名と、物的証拠につながるかもしれない住所が必要だ。逮捕され、判決を受け、刑務所に監禁されるために。永遠に。

グレーンスは新鮮な空気を吸うために部屋から出ようと歩き出したが、ドアのところで足を止めた。携帯電話が鳴っている。それに気づいたのは彼だけではなかった。部屋全体が静まり返る。会議の参加者、日ごろはそれぞれ自国の問題に目を向けている法執行機関の代表たちが全員、この瞬間、ただひとつのものに目を向けた。ただひとつのことを願って。いま鳴っている携帯電話が――通常、会議中には電源を切るにもかかわらず――ついにゴーサインを出す合図となることを。

「もしもし」

警部は電話の画面を見た。

はたして。

一日のみ有効で、ホフマンが使用している番号のひとつ。

「グレーンスさん？」

「俺だ」

エーヴェルト・グレーンスは周囲を見まわした。皆、彼の言葉をひと言も聞き漏らすまいと耳を傾けている。

「どうした？」

「二名は逮捕できる状態です。すぐにでも。俺が送った住所を地元の警察に知らせてください。二名——ですが、本命ではありません」

自動車の音。ピート・ホフマンは車に乗って、どこかへ向かう途中だ。

「現在、リーダーを追跡中です。もう暗くて、いまのところ姿は見当たりませんが——

——」

「距離はどれくらいだ？」

「GPSトラッカーがあります」

「よし。それなら……」

「ですが、グレーンスさん」

「なんだ？」

「どうやら正体がばれたようです」

エーヴェルト・グレーンスはまっすぐビエテの目を見つめた。誰にも聞かれずに彼女と話す必要がある。他の者は、データの最後の一ビットが解読された瞬間にゴーサインが出ると聞かされていた。それによって容疑者の正確な位置情報が確認されると。スウェーデンの警部とデンマークのIT専門家の命を受け、偽造パスポートでアメリカへ渡り、無許可の任務を遂行している、かつて指名手配されていた潜入捜査員の身の安全は後回しだった。

「ちょっと待て」

警部がうなずくと、一同の前でビエテは席を立ち、彼の後に続いて廊下に出た。

「いまからスピーカーフォンにする、ピート。小声で話してくれ」グレーンスは電話を耳から離してささやいた。「さっそくだが、さっき言ったことを繰り返してほしい」

「俺が偽者だと発覚するのも時間の問題です。最悪の場合、すでにばれています」

性能のよくないスピーカーの音が少しでもよく聞こえるように、グレーンスは電話をわずかに傾けた。

「現在、おそらく彼の自宅に接近しています——彼はロードバイクで、俺は人口密集地域を車で走っています。彼が自転車を駐めて、高級肘掛け椅子に座って今夜の映像を確認したら、すぐに気づいて、他のメンバーに警告するはずです。そうしたら——一巻の終わりです」

またしても警部とビエテは顔を見合わせる。

「ホフマンさん、聞こえますか？　ビエテです」

デンマークの捜査官は電話に顔を近づけた。

「状況はわかったわ。あなたの言うとおりね。これ以上遅らせるわけにはいかない――〝眠りの精〟作戦を実行します」

グレーンスは彼女を見た――まじまじと見つめた。

彼女は最も避けたいと考えていた道を選んだのだ。

リーダーの身元が判明する前に強制捜査を命じる。リーダーのみならず、IPアドレスをホッピングしているもうひとりの人物も取り逃がす危険を覚悟で。すぐに新たなメンバーで小児性愛サークルが再結成されるのを承知で。

この道を選ばなければ、さらに悪い結果を招くとわかっていたのだ――サークルのメンバーに危険を察知され、全員に逃げる時間を与えることになるだろう。

「電話を切る前に」

ホフマンがひと言も聞き漏らさないように、ビエテは電話を自分に近づけた。

「彼を捕まえたら――」

「なんだ？」

ピート・ホフマンはスピードを落としていた。少なくとも、エンジン音からはそう聞こえた。

そしていま、さらに減速する。

「ビエテ？　何か言ったか――よく聞こえない」

「もし彼の自宅を突き止めたら――それ以上は追わないで」

「いったいどういう――」

「まずはハードディスク。人間は二の次。どんなときも。コンピューターが最優先。それがなかったら、なかったら……とにかくハードディスクを確保して。わたしだったら……真っ先にNASを探す。コンピューターの隣にある、ネットワークに接続できるハードディスクよ。それから、電源ケーブルを手当たり次第に引っこ抜く。だけどホフマンさん――くれぐれも用心して。彼が気づいたら――ハードディスクを破壊するわ。データを消去する。ドアに錠をかけて鍵を捨てて、証拠をすべて……とにかくハードディスクよ、ホフマンさん！」


電話が鳴ったとき、エーヴェルト・グレーンスは部屋を出て空気を吸いに行こうとしていた――そしていま、もう一度同じことを試みる。硬く滑りやすい石の床を進み、ビジター用のカードキーを使って二重のセキュリティドアを解錠し、狭いバルコニーに出るガラスの扉をどうにか開けた。カビ臭い缶にぎっしり詰まった吸い殻の量から判断して、デンマーク国家警察に属する喫煙者たちのたまり場にちがいない。まずは呼吸をして緊張を解き放つと、ぽつんと置かれた木のスツールに腰を下ろし、コペンハーゲン中心部の屋根の景色に目を向けた。

なんてことだ。

彼女には聞こえなかったのか？　俺に聞こえたこと、わかったことが伝わらなかったのか？。

ホフマンは薬を飲まされている。

声。抑揚。答える前の一瞬のためらい。言葉の選び方。

間違いない――ピート・ホフマンは強い薬物の影響を受けていた。

警部は立ち上がる。座る。立つ。身体も心と同じくらい落ち着きを失っていた。

彼女に話すべきか？

ビエテが全世界に宣戦布告しているあいだに、カリフォルニアでは潜入捜査員が小児性愛サークルのリーダーと戦っているばかりか、自身の力を奪う薬と格闘していることを知らせたほうがいいのか？

いや、まだ早い。

依然として、彼女は作戦開始に向けて全力を注ぐ必要がある。当分のあいだ、この問題にはひとりで対処するほかはなかった。

そこで彼は自分から電話をかけ、連絡を取った。

連絡は潜入捜査員の役目であるにもかかわらず。

「たびたびすまない」

「グレーンスさん――いまは手が離せません。地図に点滅している赤い点を追跡中です」

「簡単な質問だ」

「切りますよ」

「気分はどうだ?」

ピート・ホフマンは電話を切らなかった。だが、答えもしなかった。車のエンジンの轟音が保護膜のごとくふたりを隔てている。

「質問をしたんだが」

「……」

「答えるまで俺が引き下がらないことは、よく知ってるはずだ」

エンジン音。どこか心地よく感じる。

「こんな感覚は生まれて初めてです」

「どんな?」

「なんて言うか……考えがばらばらになるんです、エーヴェルトさん。身体も」

「何を飲まされたんだ？」

「わかりません。アルコールに何かを混ぜたんです。でも、だんだん抜けてきました。少しずつですが。自分が……自分じゃないみたいです」

「中止だ」

エーヴェルト・グレーンスの口から思ってもいなかった言葉が出た。

唯一、言うべきでないこと。

「車を止めて、任務を中止するんだ。深追いはするな、ビエテの言ったとおり。ただし、いますぐだ。コンピューターもどうでもいい」

これまでの任務でも、ホフマンはつねに死の危険を冒してきた——だが今回は、危険が現実の脅威となっても、自分の身を守ることすらできないのだ。

「わかったか、ピート？」

「いいえ」

「やめるんだ」

「あのゲス野郎、あなたも会えば——」

「いますぐ手を引け！」

「手は引きません。奴は逃がしません。いいですね、エーヴェルトさん」

エーヴェルト・グレーンスの声を断ち切るかのように、ピート・ホフマンは携帯電話を助手席に落とした。いまや彼自身の懸念が警部の懸念にもなった。バックミラーをちらりと見る。どこかおかしい——最初はなぜだかわからなかった。鼻柱。激しい格闘の最中に、カール・ハンセンの顔が崩れたのだ。傷痕も。すっかり消えている。一瞬、彼はアメリカ税関を通るころに失った笑みを浮かべた。

小児性愛者とはおさらばだ。

片手をハンドルに置いたまま、もう片方の手でまだら模様の無精ひげをこすると、さまざまな色合いの短い毛が手のひらにくっついた。

薬を飲まされ、傷つけられたのだ。辱められたも同然だ。

自分を探し求めているあいだに。

十代の少年が狭い道沿いの壁に自転車を立てかけている。ヘッドライトの明かりに、ジョギングで近づいてくる女性グループが浮かびあがる。中年の男がふたり、私道で手を振りまわして言い争っていた。ホフマンは住宅街を進むGPS追跡装置の赤く点滅するルートを辿り、アメリカの裕福な郊外に典型的な家が建ち並ぶ、アメリカの裕福な郊外の曲がりくねった道を進んだ。どこも同じ家、同じ芝生――頭がくらくらする。まるで向かい合ったふたつの鏡をのぞきこんでいるかのようだった。

やがて、赤い点が止まった。

助手席の携帯電話をつかんだ瞬間、動かない点となる――地図上のルートはそこで終わっていた。

ピート・ホフマンは距離を計算した。バッテリーの裏側に電源の入った発信機を押しこんだ自転車が駐まっている地点から、ここまで四百五十メートル。

車に乗ったまま、またひとり夜間にジョギングする人をやり過ごしつつ、赤い点が同じ場所に留まっていることを確認する。ずっと探していた男、年端もいかない子どもたちを犯す小児性愛サークルを作った男、コペンハーゲン中心部の警察署でアメリカとヨーロッパの合同チームが待ちわびている人物が、わずか徒歩五分の距離にいる。

〝オニキス〟は自宅に戻ったのか？

いまごろ、あの海辺の家の暴行部屋にあるはずの隠しカメラで撮影した映像を再生したところだろうか？

それとも――サークルのリーダーはすでに一部始終を知っているのか？

ショルダーホルスターは、どちらもトランクのスペアタイヤの中に隠してあった。ホフマンは左右の肩にそれぞれ装着すると、皮膚の中で何かが引き締まる例の感覚を待った。ところが、一向に訪れなかった。そこで、長年のあいだ標準装備だった拳銃とハンティングナイフを取り出して、銃の砲身を握り、両刃のナイフの重みを確かめたが、それでもあのお馴染みの感覚は戻ってこなかった。

いまの俺には。

この手が誰の手だかわからないから。

薬で朦朧としながら、力まかせに殴りつづけていたときのように。

ホフマンはグローブボックスを開け、ペンチ、吸着カップ、カミソリの刃の箱を取り出すと、結束バンドとともにズボンのサイドポケットに入れ、それから車を降りて、できるだけ普通の足取りで歩きはじめた。

時間が迫りつつあるにもかかわらず。

重要であると同時に、容易に隠滅が可能な唯一の証拠について話した際に、ビエテの声に絶望がにじみ出ていたにもかかわらず。

手の中の携帯電話。地図上の赤い点。この通りをもう少し進み、約五十メートル先の次の角を右に曲がる。同じ区画に建つ同じ大きさの家を一軒、二軒、三軒、四軒、五軒、六軒過ぎる。

注意を引かない動作。

特徴のない顔。

このあたりの住民になる。

音を立てて刻む時計を内に抱えているにもかかわらず、彼はゆっくり歩きつづけ、あくまで街頭の風景の一部、誰の記憶にも残らない通行人となるよう自分に言い聞かせた。

あそこだ。

洗練された白い囲い柵。手入れの行き届いた果樹は、背筋を伸ばし、長い腕を丸い石板の小道に沿って伸ばした警備員のようだ。煉瓦造りの家は二階建てで、玄関のドアの横には蔦が這っていた。

あそこだ。

ピート・ホフマンは息を吸って、吐いて、吸って、吐いた。

正面には、監視カメラが少なくとも三台見える。おそらく裏にも同じだけ取りつけられているにちがいない。つまり、ドアや窓には警報器が設置されている可能性が高い。

吸って吐いて、吸って吐いて。

最後に、鍵で開けるタイプの円筒形の郵便受けへと近づく。二十六番地。家の住所のすぐ下には表札。八文字。ロン・J・トラヴィス。そして、いくつかの低木の茂みの向こうに、とうとう見つけた――物置小屋に立てかけられた自転車。

彼は速度を落としながらも歩きつづけ、寄り添うように立つ木の陰でようやく立ち止まった。

吸って吐いて、吸って吐いて。

頭の中でうなりをあげる音は一向にやむ気配がない。

だが、これ以上は待てなかった。執拗に縛りつけようとする薬から逃れなければならない。木の幹のあいだからわずかに身体を伸ばすと、隠れたまま家を見ることができた。花の咲く庭に視線をめぐらせ、煉瓦の壁に目を凝らし、部屋という部屋、カーテンというカーテンをチェックする。

長方形の地下室の窓。

侵入するとしたら、あそこだ。

電波妨害装置はナイフのホルスターに入っている。彼はその小さなプラスチックを取り出すと、二本の枝のあいだに押しこみ、しっかりと固定した。スティーヴンによれば広範囲の遮断が可能だという。ロン・J・トラヴィスなる人物――それがおまえの名前なのか?――の家にアンテナを向けながら、ホフマンは彼女の専門知識がこれまでどおり信頼できることを願った。

なぜなら次の瞬間、走り出したから。

円筒形の郵便受けと、絵に描いたような柵へと向かい、門を押し開け、家の裏に近い側面に置かれたゴミ箱の陰に身を潜める。電波妨害装置は、正常に作動していれば、いまごろは監視カメラと同じ周波数を発見し、電波を発して画像を黒く塗りつぶしているはずだ。そして、地下室の窓の周囲の漆喰をカミソリの刃で削り取り、ガラスを固定している小さな金具をペンチで引き抜き、吸着カップで窓全体を緩めるころには、警報装置は完全に止まり、警報システムとセキュリティセンター間の通信は遮断されているはずだった。

かすかなカビの臭いを感じた。

よどんだ空気。

ホフマンは花壇の土に腹這いになると、こじ開けた隙間から頭を突っこみ、腕を伸ばすと同時に地面を蹴って地下室の床に滑りこんだ。

暗闇の中に。

かろうじて届く街灯の仄暗い光。

それだけに、いっそう目立っていた。ふたつの目。じっと彼を見つめている目。

「ロン・J・トラヴィス」

「あとにしてください、グレーンスさん」

「たったいま、この写真を受け取った。見てくれ」

「すぐに終わりますから」

「白い囲い柵のある二階建ての煉瓦造りの家。そこの地面をよく見ると、写真の端に注目すると——木の後ろに隠れて撮ったにちがいない。撮影者は近い位置にいる。おそらく十五メートルほどの距離だろう」

「あと少し、いい、いいですか？」

「ホフマンだ」

「ホフマン？」

「彼が写真を送ってきた。三十秒前に。〝ロン・J・トラヴィス、ボルフォード通り二十六番地〟と書き添えて。クエスチョンマーク付きで」

今度こそスウェーデンの警部は彼女の注意を引くことに成功した。

「〝トラヴィス〟？　それに……クエスチョンマーク？」

「そうだ」

蒸し暑い会議室の超大型スクリーンの横にいたビエテは、一同に断わりを入れると、サイバー犯罪センターとアメリカ税関の同僚に通してもらうよう頼んで、エーヴェルト・グレーンスを脇に連れ出した。

「つまり……？」

「そうだ」

「……それが男の家だと？　男の名前だと？」

「ピート・ホフマンが追跡中にこの写真を送ってきた。ということは、そうとしか解釈できないだろう」

ビエテは、一度はあきらめた。

最も避けたいと考えていた決断を下した。

リーダーを取り逃がす――全員を取り逃がさないために。

「だとしたら……」

だが、いまは。

突破口。

ターゲットに接近する潜入捜査員。

「……グレーンスさん、地元の警察に連絡してください。住所を伝えて――」

「だめだ」

「グレーンスさん――わたしの言うとおりにして。命令どおりに。この部屋に留まりたいのなら」

「いまわれわれが介入すれば、アメリカの警察がその写真の家を包囲しはじめたら――あんたが自分で言ったはずだ、ビエテ――その家の所有者が危険を察知したら、パソコンの中身を見る機会は永久に失われる。援軍が必要なら、ホフマンはそう言っただろう。だが、名前を知らせてきただけだ。だから、われわれはこっちでできることをやるべきだ。ただし、もう一度彼から連絡があるまでは警報を発しないでくれ」

ふたりは見つめ合った。長いあいだ。そして、ついに彼女はうなずいた。

「あなたはホフマンを知っています」

今度はグレーンスがうなずく。

「世界の相手は任せた、ビエテ。その間に、俺はロン・J・トラヴィスという名前について、できるかぎり調べてみる」

ビエテは巨大スクリーンの前の定位置に戻った。スクリーンは二十分割され、この部屋に集まった人々は十九箇所で同時に行なわれる強制捜査の実況中継を見ることができる。各画面の下部には、メンバーのハンドルネームと居住地が白字で点滅していた。最上段左の〝ロリポップ（チューリッヒ）〟、続く〝グレゴリウス（アントワープ）〟から、十八番目の〝クイーン・メアリー（コロンバス）〟、十九番目の〝マリエット（ポートランド）〟まで。最後の二十番目は真っ黒だった。リーダー、オニキスのための画面だ。

「六十、秒前」

ビエテはワイヤレスマイクを手に、各国の同僚たちに顔を向ける。

「四十五、秒前」

彼女がカウントダウンを続けるあいだも、十九の画面は絶え間なく揺れ動いていた。多数のレンズの視点による現実。訓練された各国の特別機動隊の前に立つ警察官が、ヘルメットにカメラを取りつけているのだ。

「三十、秒前」

そしてここ、世界の別の場所のますます息苦しくなった部屋では、複数の言語を理解する警察の責任者たちが身を寄せ合うように待ち構えていた。

「十五秒前」

集中して。

もどかしげに。

目の前で揺れる映像と同じくらい身体を揺らしながら。

「五、四、三、二、一……」

いまにもスクリーンに駆け寄るかのように。ドアが蹴破られようとしている家やアパートメントに、銃を構えた警官隊が突入するための入口に、自分たちも迫るかのように。

「……開始」

だが、誰一人その場を動かなかった。固まっていた。無言で。

まるでフィクションのような画面の映像が、被害者と加害者双方の人生を永久に変えていく。

観客の視線が、その瞬間に最も劇的な場面を映している画面を行ったり来たりする。

現在は、アメリカ中部の広い農家の庭に突入した機動隊だった――〝グランドジャンクション〟の文字が点滅する八番の画面。情報によると、女性のサークルメンバー〝クイーン・メアリー〟は住み込みのベビーシッターで、その家の子どもは自身の子どもと一緒に暮らしていた。ドアや窓が開けられたとき、彼女のベッドには少年がいて、ふたりとも裸で一緒に横たわっていたが、同じ部屋で眠っている他の子どもたちは気にしていない様子だった。警察の担当者の報告によると、手間を惜しまずに撮影された彼女のシリーズ写真には、リーダーのオニキス、あるいはレッドキャット、マスターと名乗るメンバーの写真と並んで、最もひどい虐待、最も過激な暴力の場面が含まれている。

中年の女が手錠をかけられて連行されると、地球の裏側にいる観客は、次に〝ズヴォレ〟の文字が白く点滅する十一番の画面に注意を向けた。オランダ東部のその都市では、〝マリー・アントワネット〟が妻と三人の娘と一緒に朝食をとっていたときに、彼らの知る唯一の生活が内側と外側から粉々に砕けた。この作戦の幕開けとなったデンマーク人一家の検挙の際と同じく、家族は混乱のうちに離れ離れとなった。父親は勾留され、娘たちは施設に送られ、ソーシャルワーカーに迎えられた。

ひとつだけ——真っ黒の画面とは別に——ほかとは異なる画面があった。十四番、下部に〝ハートフォード〟という地名が表示されている。フロリダとの州境に近い、アラバマの小さな町にある暗いアパートメントの強制捜索。カール・ハンセンと直接やりとりしていた十一名の小児性愛者のひとり、〝イングリッド〟の自宅に警察が踏みこんだ際には、なんの反応も抵抗も見られなかった。乱れた映像には、ぴったりしたショートパンツ姿の男が映っており、半袖シャツには鈍い光を放つ染みが広がっていた。アパートメントの所有者で、二カ月前に児童四人に対する虐待容疑がかけられたものの、証拠不十分で釈放されたばかりのジョン・ヘクター・ペレイラは、ライフル銃を口に突っこんで引き金を引いたのだ。

グレーンスは離れたところに立ち、警察官たちの背中と、映像の流れる画面を見つめていた。だが、ヘルメットに装着されたカメラがペレイラの吹き飛ばされた頭部に近づきはじめたとき、警察官のひとりが振り向いて、警部と視線を合わせた。ビエテだ。彼女は何も言わず、グレーンスも何も言わなかったが、ふたりは互いに理解した。ホフマンから連絡はあったか、と彼女が無言で尋ねる。まだだ、と警部も無言で答える。ホフマンも監視されている可能性はあるか、とビエテ。グレーンスも同じことを考え、残念ながらその危険性は高いと思っていた。最後に、ビエテは身振りだけで尋ねた。ホフマンがトラヴィスに見つかった場合、任務を完了する見込みはどれくらいか、と。ホフマンのこれまでの仕事ぶりから考えると、その見込みは大きい、とグレーンスは答える。

だが、その静かではない沈黙のあいだ、グレーンスが明かさなかった、少なくともまだ明かさなかったのは、ピート・ホフマンが強力な薬物の影響を受けていること、そして発見されれば勝算はないだろうということだった。

その場合、すべてが終わる。

カビの悪臭も閉塞感も夢ではなかった。
硬くて冷たい地下室の床と同じく。
暗闇と。
だが、あの目は違う。そうだろう？
こぼれてくる明かりに反射した、あの光る大きな目。
じっと見つめている。
こちらを。
ピート・ホフマンは身を起こした。目はまだそこにあった。それどころか増えていた。
薬のせいだ。幻覚を見ているんだ。
一歩前に出る。だが近づけない。目が一歩後ろに下がったからだ。
そこにあるのか？　本当に？

もう一歩。

だとしたら、見つかった。すぐにでも……。

そのとき気づいた。理解した。

目はそこにある。本当に。だが、俺を見てはいない。

怯えている。

隠れている。

もう一歩、さらに一歩。

つかの間、外からの薄明かりが未知の姿を照らし出し、あらわにした……子どもの顔を。

少女。

ホフマンは見つめた。もしや……あの子か？　リーダーの娘。十三歳で用済みとなり、新たな、もっと幼い養女と交換されるはずの少女。

それとも――ふたりいるのか？　彼は目を数えた。十？　もう一度、数える。十二？　六？　八？　ふらふらする。頭が混乱する。下を見て、顔を上げた。四？　下を見て、顔を上げた――四。下を見て、上を見る――四。彼は確信した。ふた組の目。ふたりの子ども。この地下室に。暗闇の中に。

またしても、奴らの虐待の結果を受け入れて生きていかなければならない子どもたち。

ホフマンはもう一歩だけ前に出た。ほんのわずか。相手を怖がらせないように近づく。

その瞬間、ふいに物音が響いた。

耳に突き刺さるような。

この見知らぬ空間で、彼のまわりをぐるぐる、ぐるぐる回る。

金属音。ぶつかる音。震える音。

壁から壁へと跳ね返り、彼の頭に、脳に穴をあける。

ボウルを何度か交換した。プラスチックでいろいろなサイズや色を試した。犬用も猫用も。だが、これを見つけて――ようやく完璧な写真になったんだ。金属製で、ほかのものより小さい。これならうまく食べられる。

オニキスと名乗る男。いつか世界が大人と子どもとのあいだの愛を受け入れる日が来ることや、ひどくお腹を空かせた子どもは金属製の猫用ボウルで食事をとるようになることを説明する、感じのよい声。

つまずいたのは、それだった。

猫用のフードボウル。

ようやく周回が収まり、地下室の床の上でより激しく、けたたましく回転しながら止まった。

「リンダ？」

何者かが鋭い声で近づいてくる。

「グレッグ？」

地下に下りるドアが開いた。

「どっちかがボウルをひっくり返したのか？」

途中まで階段を下りてくる足音。

「答えろ」

聞き覚えのある声。だが、口調は違う。感じのよさとは程遠い。

「リンダ！」

「ちがう」

「グレッグ！　最後のチャンスだ」

「僕たちじゃない」

「嘘をつくな」

地下室に下りるドアはふたたび閉まった。

「ほんとだってば」

鍵がかけられた。

「二度と嘘をつくんじゃない」

ふいにホフマンは気づいた。薬が回っている状態では、ドアを開けるほどの身体能力を発揮できない。

もはや見つかるのは時間の問題だった。

上階で何が起こっているのか、ピート・ホフマンにはわからなかった。だが、見当はついた。実際、そのとおりだった。

オニキスと名乗る、上品な口調の洗練された男は、地下室のドアを閉めて鍵をかけた瞬間に悟った。リンダとグレッグが嘘をつくはずはない。ふたりが猫用ボウルを蹴っていないと言うのであれば、別の誰かが蹴ったのだ。

ボウルがそこにあることを知らなかった者。

暗がりでは方向感覚のない者。

そこで彼は地下室の鍵をポケットに入れると、すぐそばにある書斎へ急いだ。十二台の監視カメラから送られてくる映像が表示されるパソコンの前へ。カメラの半数は、一時間前に自転車であとにした海岸の家に設置されている。

真っ先にチェックしたのは、その家の中の映像だった。そして、すぐに視線を動かせなくなった。カメラは、ベッドだけが置かれた部屋にある、ぬいぐるみの目に縫いこまれていた。

映像は逆さまだった。

そして、床から遮るものがない状態で撮影されている。

何者かがぬいぐるみを投げ捨てて、そのまま放置されているかのように。そのぬいぐるみは、つねに定位置から動かさないように注意を払っていた。とくに布製の頭部の位置には気をつけた。そこに仕込んだカメラで、あとで楽しむものを記録するからだ。

画面で確認できるかぎり、部屋は破壊されたか、ひっくり返されたように見えた。壁の棚はネジ一本でかろうじて引っかかっている。ベッドカバーや絨毯や壁紙には大きな染みが広がっていた。彼は映像を拡大し、それが固まった血であるという確信を強めた。

そしてカーソルで時間を戻す。彼自身が——レンズの届かない家の外で——自転車に乗って走り去った時刻の前後に。

そこで目にしたものが、すべてを変えた。

薬を飲まされて抵抗できない状態で、少女たちの待つ部屋へ連れてこられるラッシー。両側から腕をがっちり押さえているマイヤーとレニー。偽の友人の服を脱がそうとする。

そこまでは問題なかった。

ところが——突如、ラッシーが拘束を振りほどく。

殴打。

マイヤーの顔に拳を叩きつける。殴る。殴る。

部屋じゅうに血痕。

どちらも叫ばない。苦痛に顔を歪めるマイヤーも、怒りに燃えるラッシーも。声をあげているのはレニーだ。だが、犬用のリードが彼も黙らせる。

赤くなる首。赤くなる目。

ラッシーが木の床で重い身体を引きずる。リードはますますきつく締まる。だが、金切り声が続く。声の主は別の誰か。少女のひとり、外国語。

絶望の悲鳴に聞こえる。

涙ながらの訴え。

ふたりは顔を見合わせる——殴る男と叫ぶ少女。互いに相手の言葉がわかるかのように。そして、ほとんど無意識に——少なくともそう見えた——男は手を緩める。首を絞めている紐を外す。

オニキスと名乗る男が再生したのは、そこまでだった。

レニーがようやく息を吸い、咳きこみはじめたところで映像を止めた。

それでじゅうぶんだった。
このとき彼が目にしたものがすべてを変えた。

小児性愛サークルのリーダーは書斎に留まり、今度は、いま自分がいる家のカメラの映像に画面を切り替えた。

まずは正面の番人から確認する。

汚れた白い柵、苔色のクロスグリの茂み、真っ赤な郵便受け、すり減った灰色の歩道——すべて真っ暗だった。

裏側のカメラに切り替える。

やはり人工的な闇に支配されていた。

次は家の横側に設置されたカメラ。

どれも真っ暗な画像。

侵害されたのは聖域だけではなかった。

何者かが監視システム全体を停止させた。

いま、この家にいる何者かが。

ピート・ホフマンが携帯電話のライトを点けると、ふたりは後ずさり、身体を丸めて恥ずかしそうに顔をそむけた。

暗がりに慣れきっていて、他の人間には不慣れ。

「友だち」

ホフマンはささやいた。

「怖がらなくていい」

彼は急いでふたりの子どもの脇を通り過ぎ、軋む木の階段を上って、地下室のドアの取っ手をつかんだ。鍵がかかっている。思ったとおり。

「クッション」

彼は待った。ふたりが恐る恐るこちらを見るまで。

「耳に押しつけるんだ」

彼は自分の手を耳に当てて手本を示した。

「こうやって」

地下室の壁ぎわの簡素な寝床が目に入ったのだ——薄いマットレスと、少なくとも鼓膜くらいは守れそうな薄い枕。

ホフマンは息を吸って、吐いた。

吸って、吐く。

そして拳銃の引き金を引いた。

彼が撃つと決めた瞬間――それまでの緊迫感は消えた。やり直すことはできない。静寂、忍び足、暗闇――相手に近づくための条件――はもはや存在しない。警戒するだけ。狩るだけ。捕獲するだけだ。

もう一度、撃った。

もう一度。

すると地下室のドアの鍵が壊れた。

見つかったのがいまだったら。

あの男が猫用ボウルの音に警戒していなければ。

自宅の侵入者に気づいていなければ。

時間はじゅうぶんにある。

ピート・ホフマンは壊れたドアを訪れたことのない家に押しやると、見たことのない壁に沿って進みはじめた。やがて玄関ホールに出る。一方の端はドアで、その横にシューズラックとコート掛け。反対側には一階の五つの部屋——そのうちのひとつ、玄関の右手の中ほどの部屋から光が漏れていた。

薬の影響で、動作が緩慢でぎこちなく感じられる。

だが、その明かりの灯った部屋をひと目見ただけで、ホフマンは阻止しなければならないことを理解した。

「貴様……」

そこに彼がいた。リーダー。

オニキスこと、ロン・J・トラヴィス。

「……やめろ!」

デスクトップパソコンのモニターの前に座っている。パソコンに接続されているのは……あれはなんだ?

外付けハードディスク? ビエテの言っていたNAS——ネットワーク接続ハードディスクか?

パソコンの脇の箱は黒く、ふたつのライトが点滅している。その後ろにもうひとつ箱があり、緑と青の円筒形のものが四本つながれていた。大きさは炭酸飲料のペットボトルほどだ。

自分が目にしているものがなんなのか、ピート・ホフマンには見当もつかなかった――だが、地下室のドアを閉めて鍵をかけたときに、すでにオニキスは彼の存在に気づいていたことを悟った。

ホフマンはふたたび叫んだ。

「やめろ、いますぐに！」

銃を構えたピート・ホフマンは、わずか二歩で男のいる机に近づいた。きわめて洗練された容姿を持ち、きわめて感じのいい口調で話すにもかかわらず、自分の子どもたちを猫用ボウルとともに地下室に閉じこめていた男。いまは銃を頭に突きつけられ、しぶしぶ振り向いてホフマンを見つめている――鼻の一部と変装メイクの大半が落ちたカール・ハンセンの顔を。

そのとき、男は黒い箱の上のボタンを押した。

うなるような音が部屋に響く。

「何をした」

笑みを浮かべた男の顔に、さらに銃が押しつけられる。

「……いま、何をしたんだ？」

しかし答えはない。

日に焼けたやわらかな肌に銃口が深く食いこみ、こめかみが圧迫されるにつれて血が流れはじめる。長い沈黙ののちに、リーダーは以前の口調に戻って答えた。ふたりの子どもを威圧していた鋭さは消え、理性的で落ち着いた、説得力のある語調が取って代わる。

「やめるつもりはない。どれだけ脅されようと。おまえが誰であろうと、〝ラッシー〟。どうするんだ？　わたしを撃つのか？　そんなことをして――」

そのとき、黒い箱が跳ね上がった。

同時にパソコンの画面が真っ暗になる。

「――この中身を取り戻せると思うのか？　いままさに、おまえの目の前で破壊されているところだ」

複雑に暗号化された中身が解読不可能となると、ピート・ホフマンはその後に訪れた静寂に耳を傾けた。気がつくと、あいかわらず薬でタガが外れた狂暴さをむき出しにして、不敵な笑みを浮かべる小児性愛者をつかみ、動きを止めたモニターから引き剝がして、部屋の外へと引きずり出していた。

怒り狂うあまり、オニキスが取っ手をつかんでドアを閉めるまで、自分の失敗に気づかなかった。

そしていま、ホフマンは暗証番号でロックされた分厚い金属製の防弾ドアの外にいた。ドアの向こうで、ここに来た目的である、虐待の証拠が隠滅されているあいだに。

暴力。脅迫。死の恐怖。

長年のうちにピート・ホフマンが習得した手段。

正しく用いれば、つねに彼を導いてくれる。

防弾ドアに、合計で五発撃ちこんだ。オニキスの上あごと下あごをこじ開け、口に銃身を突っこんだ。顔を殴りつけた。

だが、クズ野郎は笑うだけだった。

ホフマンは血だらけのリーダーを床に放置した。数日前、グレーンスが刻々と過ぎる秒の音を聞いていたのなら、いま、スウェーデン人の潜入捜査員の耳には、アクセス不可能な証拠が一ビットずつ消去されている音が確かに聞こえていた。

〝聖域〟という言葉も聞こえた。

〝誤解された者〟。

〝子どもというのは、実際には感じていない。感じていると思ってるだけだ。俺たちは、子どもの想像力を鈍らせて、正しい方向に導く手伝いをしている〟という台詞も聞こえた気がした。

自暴自棄になり、またしても金属製の防弾ドアに向かって銃弾を放った。怒りの叫びとともに。笑っている男を蹴った。

「ドアの暗証番号はなんだ！」

電源ケーブルを引っこ抜く、ビエテはそう言っていた。

だが、手が届かない。

「ちくしょう、番号を教えろ！」

ホフマンは冷笑する男の脇に膝をつくと、拳の雨を浴びせた。強すぎるのか、あるいは弱すぎるのかはわからなかった。おそらく前者だろう。リーダーの歯は何本か折れていたし、彼にはもう意識がなかった。

終わった。

もはや打つ手はなかった。

ピート・ホフマンは肩で息をしながら、呆然と見知らぬ空間を見まわした。

身体は薬で満たされ、希望のかけらもない。

そのとき、狭い廊下の突き当たりに、解決策となりうるものが見えた。あれは……たぶんそうだ。

彼は立ち上がって走り出した。

思ったとおりだ。

灰色のプラスチックの扉は配電盤キャビネットだった。

赤と緑のボタンやＬＥＤの並ぶ最上列と、小さな灰色のスイッチがある中央の列には見向きもせずに、いちばん下の大きなレバーを握る。この家のメインブレーカーだ。それを引くと、カチッという音がして、すべての照明が消えた。

真っ暗な家。データ消去処理の止まったハードディスク。そして未知の部屋、収納スペース、クローゼット、階段、あちこちで曲がりくねった廊下。

玄関ホールで、ピート・ホフマンはこの状況に順応しようとした。明かりが点いていないと、ひどく狭く感じられる。あたかも、残された現実が圧縮されたかのように。携帯電話のライトを頼りに、どうにか壁紙の張られた壁沿いに分厚いカーペットの上を進み、ロックされた部屋の前に戻った。小児性愛サークルのリーダーのもとへ。

だが、すでに姿はなかった。

ちくしょう。

い、い、い、

ちくしょう。

バランスと力を奪った薬が、判断力も奪っていた。

殴られて意識を失った男に油断したのだ。意識を失ったと見せかけていた男に。自分がまったく知らない場所にいる侵入者なのに対して、相手は家の所有者であり、隅から隅まで知り尽くしている。

あのハードディスクにある証拠を必死に守ろうとした結果、その証拠によって身柄を拘束できるはずの犯罪者を取り逃がしたのだ。

ホフマンは暗がりで身体を回転させた。

オニキスと名乗る男は、どこに潜んでいるかわからない。

背後か。目の前か。

わずかな明かりでは見えない。

音で判断するほうが簡単だ。左側に気配を感じた。右のほうからは荒い息、苦しそうな呼吸。

幻聴。

ミシミシ、ガタガタ、キーキーというのは、家——太陽や風にさらされた生きた素材——が立てる音に過ぎなかった。

それ以外の音が聞こえるまでは。

嫌というほど知っている金属音。

暗闇の中から。

セミオート式散弾銃に弾を装塡する手。

光に浮かび上がる立ち姿は恰好の標的だった。

あと一ステップ、あと一秒で放たれる鋭い光線は死を意味する。

ピート・ホフマンは、潜入捜査員にとってパニックは最悪の感情だと早い段階で学んだ。パニックになってもいいことはない、パニックは命を脅かす、パニックは敵のいちばんの味方だと。

だが、彼に襲いかかったのは、まさにそのパニックだった。

ホフマンはパニックになって携帯電話のライトを消し、パニックになってしゃがみこみ、パニックになって後ろに下がった。まるで別人のようだった。怖い。眩暈がする。震えが止まらない。いまにも倒れそうだ。依然として薬のカクテルが血管を駆けめぐり、平衡感覚を失い、罠にかかったネズミも同然だった。オニキスが闇のどこかに潜んでいるというこの状況で。

侵入者。

すべてが終われば、そのひと言で片づけられるだろう。

オニキスが頭を狙って撃ち殺しても、アメリカの法律は彼に味方する。さらに、死亡者の身元が判明すれば――ピート・ホフマンという名の、暴力犯罪で服役した過去を持つ外国籍の男――小児性愛サークルのリーダーは、これまでどおり児童虐待で大儲けできるばかりか、地域の安全を守ったとして近隣の住民から称賛されるだろう。

ホフマンは待った。少しも動かずに。

俺が見えるのか？　俺の居場所をわかっているのか？

あらゆる音に耳を澄ましながら。

かなり近い。

呼吸。

その距離は四メートル、せいぜい五メートルだ。自分たちを隔てるものは暗闇のみ。取り押さえるには遠すぎる――だが、近づくチャンスはない。

わずか一度の不注意な動き。

わずか一度の引っかき音。

そうした一瞬の出来事が死につながる。人生が終わるのは、なんとあっけないものか。

少しずつ闇が明るくなる。網膜、瞳孔、視神経の働きが調整され、ピート・ホフマンはシルエットに気づいた。男の頭。腕、脚。そして手には——銃。

じっと待っているのはホフマンだけではなかった。

オニキスも身じろぎひとつせずに、侵入者の位置が明らかになるのを待っている。

そのとき何かが軋んだ。

足音。パタパタという音。

だが小児性愛者ではない。彼はあいかわらず動かずにいる。もっと遠く。ライフルを持ったシルエットの背後に、別のシルエットが見えた。

十三歳の娘。

ふたりの男が互いに相手を探すのに気を取られているうちに、こっそり地下の階段を上って玄関に出てきたにちがいない。ホフマンはふいに気づいた——オニキスには彼女が見えず、あの足音をピート・ホフマンのものだと思うだろう。

そして、まさにそのとおりになった。

次の一歩が床に触れた瞬間、小児性愛サークルのリーダーは銃を構えて振り返る。少女が静かに「パパ、どうしてこんなに暗——」と尋ねるのも聞こえなかったにちがいない。銃の咆哮が彼女の声をかき消したからだ。

銃が火を噴き、引き金が戻り、カートリッジが飛び出すと、ピート・ホフマンは混乱とパニックにもかかわらず足を床にしっかりとつけ、力のかぎり蹴って、手前のシルエットに体当たりした。不意をつかれた小児性愛者は別の方向を向き、ライフル銃を手からもぎ取られ、何百発もの鉛の弾が発射された勢いで激しく転倒した。銃を奪い取ったホフマンは、リーダーの額や頭皮に床尾を何度となく叩きつけてから、うつ伏せに倒れている少女のもとに駆け寄った。役立たずになって交換されるはずだった少女は、ホフマンの命を救い、父親の残りの人生を一変させた。

ピート・ホフマンは彼女を抱きかかえ、髪や頬を撫でた。少女は泣いていた。必死に涙をこらえ、彼の胸に顔を押しつけて、もう少しだけ泣いた。誰にも聞かれないようにすることに慣れた泣き方だった。十三歳の少女が。たったひとりで。

父親の放った銃弾は当たらなかった。傷はすべて——内側も外側も——別の理由によるものだった。何も心配することはない、ホフマンは彼女にそうささやきたかった。だが、それは気休めにすぎない。そんな単純なことではないからだ。大人の女性になりつつあるはずの、この少女は、けっして満ち足りた人生を送ることはあるまい。死ぬまで、幼少時の経験から生まれる安心や信頼を得ることはないだろう。

「グレーンスさん？」

「待ってくれ。ここから出る。この部屋も、人いきれも、スクリーンも、空調設備がないのも——」

「捕まえました」

ゴツンという音。もう一度。コペンハーゲンにあるデンマーク国家警察本部の最上階の息が詰まるような会議室で、警部はふいに足を止めた。そして、どうやら携帯電話を落としたようだった。

「すまん……床に落とした。捕、捕まえたのか？」

「はい」

「無抵抗か？」

「気絶しています」

「ピート……でかしたぞ！　あいつに虐待されている子どもたちを救っただけじゃない――この作戦全体の成功が、あいつのパソコンの中にある証拠にかかってるんだ。この場所を見るがいい。全員が大きな画面で次から次へと行なわれる強制捜査を見守っている。小児性愛サークルのメンバーが、とにかくいろんな国の制服を着た警官に片っ端から引きずり出されて――」

「その証拠なんですが、ハードディスクがまずいことになりました」

警部は電話を手にしたままだった。

だが、何も言わなかった。

「グレーンスさん？　聞こえてますか？　ハードディスクが――」

「ビエテを呼んでくる」

エーヴェルト・グレーンスが速く歩くと、足を引きずっているのがよりはっきりとわかる。音が大きくなるのだ。

「ちょっと待ってくれ」

靴の踵が石の表面に不規則に当たる。電話越しにも聞こえた。

「スピーカーフォンにする。廊下に出た」

背後のざわめきが遠ざかった。北欧の警察官はふたりきりになったのだ。

「では、まずグレーンスさん、あなたの携帯に送った住所の件です。いまから、アメリカの警察にここへ向かうよう連絡してください。あの卑劣漢は、いま俺の目の前の廊下に横たわっています。手首と足首を結束バンドで縛られて。ですがハードディスクは——あるいは、それとおぼしきものは入手できませんでした。主電源は落としましたが、その前にちょっとあって。奴がボタンを押して、黒い箱が飛び跳ねたんです」

「ボタン？」

ビエテはグレーンスの電話に顔を近づけ、ささやき声で尋ねた。同僚たちには聞こえず、おそらく彼らは理解もできないだろうが。

「ええ、それで——」

「飛び跳ねた？」

「奴がボタンを押したら——」

「ホフマンさん、ちょっと待って。グレーンスさん？」

ビエテは顔を上げて警部を見た。

「なんだ？」

「ストックホルムのあの若者、あなたがここに来るのを手助けしてくれた」

「ビリーか？」

「わたしよりもあなたのほうがよく知ってます。彼に電話してもらえますか？」

「いま？」

「すぐに。三者通話で」

エーヴェルト・グレーンスは電話に登録してある番号にかけ、知り合ったばかりの若者が起きていることを願った。

彼は起きていた。

だが、寝転んでいるかのように不自然な声だった。

「はい」

「ビリーか、グレーンスだ。デンマークの捜査官も一緒にいる。それから、このあとすぐにカリフォルニアにいる同僚も加わる。そいつのそばにあるパソコンにアクセスしたいんだ」

「ますます高くつきますよ、警部。合計で三件分ですからね」

ビエテが電話を奪った。

「もしもし、ビリー。デンマークの捜査官です。わたしもコンピューターやデータの取り出し方についてはわかっています。だけど、構造についてはあまり詳しくないの。グレーンス警部からあなたのことを聞いたときに、あなたならよく知っているんじゃないかと思って。だから聞いてほしいんです」

「話してください」

ビエテはピート・ホフマンとの通話を再開した――これで三台の電話がつながった。

「その部屋で見たことを、もう一度説明して」

一瞬、回線が切断されたかのようだった。

静電気のような音だけ。

「ホフマンさん、電話が――聞こえないわ」

「家の固定電話からかけてるんです――ほかは全部、電波妨害装置で遮断しました。自分の携帯も」

雑音は弱まり、潜入捜査員の声はいくらかはっきりと聞こえるようになった。

「それで、デスクトップパソコンがありました。光が点滅する黒い箱に接続されて。それとは別にもうひとつ、やや小さめの箱もあって、四本の緑と青の円筒形のものにつながれていました。炭酸飲料のペットボトルくらいの大きさです。奴が押したボタンは黒い箱の上にあって、押したらピーッと鳴って、少しうなるような音を立ててから、全体が跳ね上がったんです」

グレーンスとビエテは顔を見合わせた。耳障りな雑音がふたたび大きくなっていたが、全員、話は聞き取れたようだ。

「ビリー?」

グレーンスは電話の受話口を口に近づけた。

「聞こえたか?」

「だいたい。NAS、電源、キング——失礼、コンデンサが四本、トリガーですよね。それから男が押したボタン」

「それで?」

「その男は通常の方法でディスクを消去していません。あなたの同僚が見たのは、おそらく消磁装置です。そして、うなるような音というのは、コンデンサが起動して、ものすごく強力な磁界を発生させたにちがいない」

「確かか?」

「こう言ったらわかってもらえるでしょうか。たとえば……僕の友人が保険金詐欺の片棒を担がされたけれど、刑務所に入るのはごめんだった。そこにエーヴェルト・グレーンスという人が訪ねてきたら、その友人も同じような方法を取ったでしょう。あなたの同僚がNASの蓋を開けていれば、複数のハードディスクのまわりに何重にも巻かれたケーブルがあったはずです。そして、コンデンサはバッテリーのようなものです。瞬時にバーストさせるには大きな電圧が必要です。そこで一気に充電させるんです。データは磁力でハードディスクに保存されているため、とてつもなく強力な磁気パルスにさらされると、跡形もなく消去されます。電磁石はハードディスクを破壊します——当然、そこに記録されているものもすべて。跳ね上がったのも、そのせいかもしれません」

「サイアク！！！」

ビエテの叫び声は、電話で聞くにはけたたましすぎた。あるいは甲高すぎた。

「……最悪！」

その声は廊下の壁に鋭く反響する。

「ごめんなさい、つい……信じられない！」

ややかすれた声。

「もう手遅れだわ、グレーンスさん。おしまいよ」

「おしまい？　ホフマンは主電源を落として——」

「あなたの友だちのビリーが言っているのは、オニキスがボタンを押して、そのハードディスクの箱が飛び跳ねた瞬間に——すべてが終わったということ。あれだけ大容量のハードディスクからデータを消去するには、通常なら何時間もかかります。だけどこうすれば、またたく間に削除される」

グレーンスは彼女が握りしめていた携帯電話を引き寄せて受け取ると、口を開いた。

「つまり、ビエテ、それからビリーも――ふたりともハードディスクのデータは消去されたと考えているのか？」

寝ている状態から起き上がったのか、ビリーの声は先ほどよりもしっかりしているように聞こえた。

「それどころか、警部、完全に復元不可能です」

ビエテは同僚たちのもとに戻りかけて、振り向いた。

「わかりますか、グレーンスさん？　証拠は残らず消えてしまった。ただの一件でも彼を起訴することは不可能です」

小児性愛サークルのリーダーの顔は、傷だらけで血まみれで腫れ上がっていた。片方の目はほとんど開かなかったため、つかの間、意識を取り戻したときには、もう片方の目で見上げた。気絶はふりではなかった。けれども暗い廊下にたたずみ、彼を見張っていたピート・ホフマンには信じられなかった。切れた口に、かすかな笑みが浮かんでいるように見えたからだ。

だが、コンデンサが作動する際の音は、はっきりと耳に残っていた——ふたりとも、たしかに聞いた。

ロックされた防弾ドアの向こう側で、急速に充電されたマシンが裸の小さな身体の動画や写真、小児性愛者どうしのメッセージを破壊する音を。サークルの心臓を取り出す手術。メンバーの虐待や関係を示すはずの証拠。

「貴様は自分の娘をレイプした！」

だからホフマンは――ビエテと同じく――叫びはじめた。

「猫のボウルから食べさせた！」

叫ぶと同時に蹴りをくらわせた。

「なのに釈放されると思ってるのか？　証拠がないから？」

笑いを浮かべる身体に。

「すでに……手遅れだから？」

グレーンスとビエテは無言のまま息の詰まる部屋に戻り、巨大なスクリーンの前に座った。話すことは何もなかった。ほんのわずか席を外しているあいだに、銀行や薬局に表示される受付番号のように、壁の上部の電光掲示板に示された数字が更新されていた。アメリカでは逮捕者が三名から七名に――カリフォルニア、フロリダ、テキサス、アイダホ、ニューヨーク、ニュージャージー、ミシガン。ヨーロッパでは四名から五名に――デンマーク、ベルギー、ドイツ、スイス、イギリス。そして最後に、救出された子どもの数を表わす右端の掲示板の数字も、十七から二十七に増えていた。

ピート・ホフマンは蹴るのも叫ぶのもやめていた。それだけでは満足できなかった。何ひとつ変わらなかった。

だが、銃がある。

彼はそれを歪んだ笑みに強く押しつけると、小児性愛者の顔の薄い皮膚に何度も食いこませた。

ほかに誰もいないのであれば。

罰を与える者が。

人を殺したことはある。生き延びるために。それでも、こんなふうに感じたことはなかった。

おまえか、俺か。俺は、おまえよりも自分自身のほうが好きだ。だから、自分自身を選ぶ。

だが、今回は違う。ほかの人間が生き延びられるように殺す。
ホフマンはそう感じた。

車の中から、白い囲い柵と手入れの行き届いた果樹を見つめていた。パトロールカーが続々と到着している家を。女性警察官に付き添われた十三歳の少女とその弟が、街灯の明かりのもとに出てくるまで待った。それから彼は走り去った。もと来た道を。

頭が冴えた状態で。神経も筋肉も意のままになる状態で。

やっとのことで身体が薬から解放された。

自転車に仕掛けた追跡装置のGPS信号を懸命に追っているあいだは、その二カ所は途方もなく離れていると感じられた。二十六キロメートル。実際にはそれだけだった。行き先がわかっていれば、すぐに着いた。

その家も警察車輛に囲まれていた。

つい先ほど後にした家よりも多かった。

通常のパトロールカーと、わずかに大きい鑑識課の車輛、そして少し離れた、いまや圧縮された闇と化した海の絶景を望む場所のそばに、ソーシャルワーカーのものとおぼしき地味な車が二台駐まっていた。

重厚な鉄の門のところまで来るなり、ピート・ホフマンは制服に包まれた腕に行く手を阻まれた。根気強く説明し、カール・ハンセン名義の身分証明書を丹念に調べられたのちに、彼は野草の脇を通り、玄関のドアから入ってキッチンへ向かった——レニー、マイヤーと名乗る小児性愛者たちを置き去りにした場所へ。階級が最も高い、それゆえ責任者である警察官のもとへ。ホフマンが通報を依頼した人物だと紹介されると、警察官はテラスの手すりをあごで示した。

「あそこでふたりを発見しました。縛られた状態で。めった打ちにされて。ひとりは首に犬用のリードが巻かれていました」

「そんなところです。たしかわたしが来たときには、ふたりはそこにいました」

「通報があったんです——スカンジナビアの警察から」

「どこに知らせていいかわからなくて」

アメリカの警察官はメモ帳の走り書きに目を落とした。

「ハンセンさん？　カール・ハンセンさん？」

「そうです」

「デンマーク人？」

「はい」

「それで、たまたま通りかかって、すぐに入ったんですか？　まっすぐキッチンに？」

「歩いていたんです。崖沿いに。観光で来て。わたしたちのように、ここで育っていない人間にとっては、この海岸は信じられないほどすばらしい――まるで自分が世界でひとりきりになったような気分です。そうしたら叫び声が聞こえて。急いでここに駆けつけました」

　ビニールの手袋をはめ、煤のような指紋採取パウダーをつけた磁性ブラシであちこちを調べまわっている鑑識官が、警察官とホフマンに向かって作業の妨げになると丁重に告げた。そこでふたりはパノラマウィンドウのほうへ移動した。そこからは真っ黒な果てしない海が見えた。小児性愛サークルのリーダーが、つい数時間前にデンマーク人のゲストに誇らしげに見せた海。

「叫び声？　どんな叫び声でしたか？」

「まるで誰かが……そう、苦痛に悶えているような」

「ただ殴られただけではありません――加重暴行罪が適用されるはずです」

　警察官はホフマンを見た。じっと待っていた。疑うような口調ではなく、むしろ好奇心のようなものが感じられる。

「殺人未遂にも分類できるかもしれません。犯人がどうにか思いとどまった時点までは。個人的には、そのように解釈しています」

「かもしれませんね」

今度はホフマンが警察官の出方を待つ番だった。

「それに、ひょっとしたら——児童に対する暴力事件とも理解できませんか？」

スウェーデン人の潜入捜査員の誤解だったのか。読み取ることのできない警察官の表情は好奇心などではなく、正式な尋問が始まっているのだろうか。

「というのも、わたしの記憶が確かなら——もちろんかなり混乱していましたが——子どもたちもここにいました。女の子でしたっけ？　とてもひどい扱いを受けていて。もしかしたら、男たちを殴った人物は、あの子たちを助けようとしたのかもしれない。そうは思いませんか？」

待った。ひたすら待った。

やっとのことで相手がうなずくのを。警察官が同意するものと思って。

「場合によっては。しかし今回は、警察官として、あれほどの暴力には疑問を持っています。本当にあそこまで必要だったのか？」

「おそらくそうだったかと。必要だった。女の子たちが二度と危険な目に遭わないために。誰かが——それがたまたまわたしでしたが——通りかかって、警察に通報する前に」

今度は、それほど待たずに済んだ。警察官は肩をすくめた。

「たしかに、筋は通っています」

ウインクさえしたように見えた。

「おっしゃるとおり、あの男たちには当然の報いだったのかもしれません。念のためうかがいますが、あなたは見ていないんですか？　犯人の姿を」

「ええ、誰も見ていません」

「指紋を採取している同僚が、あなたのものを見つけたとしたら？」

「じゅうぶんありえます。助けを求めたときに家の中にいたんですから」

「ちょっと考えてみただけです」

気がつくと、鑑識官たちの作業の輪は驚くほど間近に迫っていたため、ホフマンと警察官は、すでに証拠が保護されていることを示すバリケードテープに沿って奥へと移動した。家具がひとつしかない部屋のほうへ——小児性愛者の小道具の棚の下から大きなぬいぐるみが見守っていた、広いベッドだけが置かれた部屋。いまやおもちゃや道具は、乾いた血がこびりついた床に散乱していた。

「子どもたちは？」

「何か？」

「まだここにいるんですか？」

ピート・ホフマンは尋ねるのをためらった。答えを聞くのが不安だったからだ。レニーとマイヤーは連行され、独房に勾留される。けれどもソーシャルワーカーの車は、まだ家の裏手に駐まっていた。

「まだここにいます。専門家が付き添っていますよ。ここから連れ出せるように、少しずつ信頼を得ている最中です」

「できれば会いたいのですが」

「なぜですか？」

「あのとき、ほんの少し会っただけですが、せめて無事を確かめてから帰りたいんです」

広い敷地の奥に小さなゲストハウスがあった。寝室がふた部屋と、こぢんまりとしたキッチン、それにテレビと暖炉のあるリビングルーム。そこからの眺めは、さらにすばらしかった。遮るものは何ひとつなく、わずか数歩で崖から果てしない海に飛びこむことができる。

その部屋で、彼女たちは隣り合って座っていた。ソファーに。

七歳くらいのふたりの少女。不安げに。縮こまって。

ホフマンは近づいた。

「やあ《ヘイ》」

スウェーデン語で話しかけた。

「気分はどうだい？」

髪をポニーテールにした少女に顔を向ける。あの混乱のなか、甲高い声で〝お願い《スネーラ》、やめて《スルータ》〟と叫んでいた少女に。

リニーヤ。

彼女は答えなかった。だが、顔をそむけもしなかった。

ソーシャルワーカーが少女たちとのコミュニケーションを試みるなか、彼はふたりと並んで座っていた。そして、ときおりリニーヤと無言で視線を交わした。その虚ろな目の奥で彼女は何かを訴えかけていると、ホフマンは確信した。

隙を見て携帯電話でこっそり彼女の写真を撮り、やがて外に出て、広い海を望む崖のほうへ向かいながら、その写真をグレーンスに送った。〝青い蝶の少女〟という短いテキストを添えて。これで警部にはわかるはずだ。

心地よいそよ風。はるか下方の真っ黒な海には、通り過ぎる船の灯火がところどころ見える。どれくらいそこに立っているのか、わからなかった。穏やかな夜だったが、心は波立っていた。

国際的な小児性愛サークルを壊滅させ、きわめて悪質な性犯罪者を二十名も逮捕したにもかかわらず。

さまざまな国の言葉を話す、大勢の子どもを救出したにもかかわらず。

リニーヤに会い、彼女が生きていたことが明らかになっても。

穏やかな夜だったが、心は波立っていた。

それは、最も責められるべき人物を永久に裁判にかけることができないからだった。ロン・J・トラヴィスという名の男。別名オニキス、サークルの創設者。男はまだ生きていた。怒りと絶望に駆られたホフマンは、もう少しで撃つところだった。銃を向け、安全装置を外したが、引き金は引かなかった。傷だらけの身体が回復すれば、すぐに釈放され、新たなメンバーを募って、またしても子どもたちを虐待しはじめるだろう。

ピート・ホフマンは石を拾い上げ、右手にぴったり収まるその小石を闇に向かって投げた。岩から岩へと跳ね返る音が聞こえたが、海に落ちたかどうかはわからなかった。

車に乗って、この場所から永遠に離れる前に、もうひとつやることがある。ソフィアに電話をかけるつもりだった。向こうがいま何時なのかは知らない。朝かもしれないし、学校がある日かもしれない。それでも彼女の声を聞く必要があった。

おそらく、ここで起きたことも話すだろう。

リニーヤが生きていたこと。だが、彼女を傷つけた犯人はじきに自由の身になること。すべてが終わったこと。よい結果と、そうでない結果。生きていれば、そういうこともある。

三時間後

青い蝶の少女。

やはりあの子だった。

エーヴェルト・グレーンスは、その悲しげな目を疑い、まっすぐな鼻筋や薄い唇に相違点を見つけようとした。ふっくらした頬はまったく同じで、えくぼもまったく同じ場所にあるという事実を無視しようとした。それでも、右脚をまっすぐ伸ばして左脚をわずかに傾け、腕をだらりと垂らした、ホフマンが撮ったばかりの写真の立ち姿は、彼女が四歳のころの写真にそっくりだった。この少女は、七歳になったストックホルムのリニーヤだ。間違いない。空の棺に埋められた少女。

グレーンスはあくびをしながら伸びをして、ずいぶん久しぶりに平穏のようなものを感じた。議論を交わしている警察官たちや騒々しいスクリーンから離れ、コペンハーゲンの街並みの屋根を見下ろす狭いバルコニーにひとり座り、ひんやりとした秋の風を顔に感じるのはなんとも心地よかった。さいわい顔の傷は治っていたが、いまでもときおり疼くのは気のせいではない。その静けさのなかで、彼は行方不明の少女のひとりが発見されたということをようやく実感した。そして携帯電話を上着のポケットに入れ、代わりに一枚の写真を取り出した。いままではまともに見る勇気がなく、細かく調べる気にもなれなかった。

全体的に薄暗いものの、そこそこ鮮明な、もうひとりの少女の写真。おそらくジェニーが駐車場で最後に見たときと同じ、ワンピースと三つ編みと目。数日前、グレーンスがラッシーになりすまし、ピート・ホフマン扮するカール・ハンセンを実際に小児性愛サークルのメンバーに会わせようとして、メールのやりとりの最中に見つけた写真。それを開いた瞬間、身体がどうしようもなく震えて、あの厄介な眩暈がさらにひどくなったのを思い出した——ちょうどいま、写真のことを考えて同じ状態に陥っているように。

アルヴァ。本当にきみなのか？

あのときグレーンスは心に決めた。事態が収束し、ホフマンが現場を離れたら、ジェニーに連絡する。二度と話したくないと言われたにもかかわらず。これが彼の求めているもの——進むべき道——かどうかを判断できるのは、彼女しかいない。

これ以上、先延ばしにはできなかった。

事態は収束した。ホフマンは現場を離れたばかりか、もうじき帰国の途に就く。

エーヴェルト・グレーンスは彼女に電話することにした。はるか昔のアニーと同じく、墓地で彼の人生から消えたジェニー。

携帯電話のアドレス帳をスクロールする。続いて送受信履歴。だが、彼女の番号は見つからなかった。保存し忘れたのか。それとも無意識のうちに連絡先リストから削除したのだろうか。自分を守るために。夢うつつで夜遅くに電話して、ますますややこしい状況になるのを恐れて。

ジェニーはどこへ行ってしまったのかと、何度も考えた。起きているときに彼女のことを思うと、記憶から消去されたように感じるときさえあった。顔も思い出せない。どんな見た目だったのか。警察官として、記憶力は優れているはずだった。なのに、考えれば考えるほど彼女の顔はぼやける。

たとえ携帯電話に番号が入っていなくても、ストックホルムのクロノベリの警察本部にはあるはずだ。とはいえ、スヴェンやウィルソンに連絡して、自分のオフィスに入って探してほしいと頼むわけにはいかない——ふたりとも、彼がいまどこにいるのかは知らないことになっている。何をしているのかは言うまでもなく。

にもかかわらず、グレーンスはそうした。

自分から進んで。

やっとのことで、拒まれるのを覚悟で彼女に連絡する勇気が湧いたのだ。

まずは当直の警察官にかけてみたが、ロービーで発生した銃撃事件と市内での爆弾騒ぎで手が離せないとのことだった。次にエリーサ・クエスタ、そしてほとんど名前もわからない殺人捜査課の新しい部下にも何人か当たってみたが、全員、電源を切っていて、会議中とのメッセージが流れるばかりだった。おそらく同じ会議なのだろう。こうなったらスヴェンに連絡するしかない。だが、応答はなかった。何度も何度もかけて、合計で二十二回も呼出音を鳴らしたにもかかわらず。残るは直属の上司、エリック・ウィルソンのみ。最後の選択肢。事務的な勤務スケジュールの話は、まだしばらくは避けたかったのだ。

「もしもし──」

「エーヴェルト？　本当に？」

「ああ。じつは頼みがあって──」

「あなたから連絡があるとは──元気でしたか？」

「なんとか。それで──」

「この一週間、何をしていたんですか?」

「あんたに言われたとおりさ、もちろん——休んでる。少しばかり旅行に出てて」

「旅行?」

「いま、コペンハーゲンにいる。赤いソーセージに、ときどきカールスバーグを飲んで。楽しい遊園地まであるんだ」

「ソーセージに遊園地ですか。さすがはエーヴェルトだ」

グレーンス警部は深呼吸をした。本題を切り出して、ジェニーに連絡しなければ——胸の右側の片隅に勇気が留まっているうちに。

「ひとつ、手を貸してほしいことがあるんだ」

「なんでしょう?」

「知り合いに連絡したいんだが、電話番号がわからない。俺のオフィスにメモがある」

デスクの上を探すようウィルソンに頼んだ。

上司がガサゴソと音を立てながら、さまざまな段階の捜査資料をめくっているのが電話越しに聞こえる。

「ありません。電話番号をメモした紙は」

「よく見たのか?」

「全部のフォルダーに挟まっている紙を一枚ずつめくってみました――もう二度とごめんです。とにかく、ありません」

「引き出しは？」

「デスクの上なら、まだわかります。でも、引き出しの中を引っかきまわすとなると話は別です」

「どうしても必要なんだ。だが、さっきも言ったように、俺は遠く離れた場所にいる。回転木馬に囲まれて」

「エーヴェルト、あなたは……自分のことをさらけ出さない人です。わたしが知る誰よりも。だから、あなたの個人的な世界を詮索するような真似は……」

「ウィルソン？」

「はい」

「引っかきまわせ。詮索しろ」

デスク左側のあふれそうな三段の引き出しが、ぎしぎし音を立てて開けられた。続いて、大小さまざまなバサッという音とともに中身が床に投げ出される。そして、ふたたびぎしぎし音がして、引き出しが押しこまれた。

「ないです。ここにも電話番号はありません。もちろん、よく見ました」

「本棚は？　テーブルとソファーのあいだの細い隙間は？　金庫の上かもしれない。戸棚の扉の内側に掛かってるウォールポケットは？」

エリック・ウィルソンは送話口を下に向けて電話をデスクに置いたため、生活感あふれるオフィスの中で繰り広げられる旅を追うことは不可能だった。やがて彼は戻ってきた。

「ありません。どこにもありません。本棚にも隙間にもウォールポケットにも」

グレーンスは答えなかった。

「聞こえましたか、エーヴェルト？」

「聞こえた」

「なぜそんなに大事なんですか？　それに、あなたの休暇となんの関係があるんですか？」

「そのうち説明する。頃合いを見て」

携帯電話に番号は保存されておらず、彼がほとんどの時間を過ごす市警察のオフィスにもメモは残っていなかった。ウィルソンは精いっぱい探してくれた。あとは、ストックホルムに戻ってから自分で探して、もう一度勇気を奮い起こすしかない。

警部は立ち上がって、バルコニーの手すりにもたれた。はるか下に、デンマーク国家警察の石畳の中庭が見える。自宅のバルコニーからスヴェア通りのアスファルトを見下ろしているような気分だった。つかの間、どんなことでもできそうな気がする。そこに立って、眺めと新鮮な空気を味わっていると、空を飛んで、しばらく宙を漂ってみたいとすら思う——生きたまま。あるいはもっと簡単で、それゆえスリル満点なのは、両足で床を蹴って身を躍らせ、永遠に向けて落ちていくことだ。グレーンスはどちらもやらなかった。その代わり、吸い殻の入ったブリキ缶の後ろのスツールに腰を下ろすと、携帯電話を取り出し、デンマーク人の継父と母親、九歳の娘カトリーナの事情聴取の音声ファイルを開いた。そして、あらためて聴いてみた。取調官がどのような質問をしようと、継父の否定と共感の欠如は変わらず、娘が自分の受けてきた仕打ちに対してためらいがちに答える様子も、やはり及び腰だった。だが、グレーンスはどちらにも関心はなかった。それよりも気になるのは、母親の娘に対する執着だった。長年にわたって娘を破滅に追いこんできたにもかかわらず、娘を支配し、いまどこで何をしているのかということを執拗に尋ねる。なぜ継父のように否定しないのか？　それならまだ理解できる。自分の身を守り、行為を正当化する手段だからだ。

グレーンスは母親の事情聴取に耳を傾け、もう一度、聴き直した。そのうちに、まったく知らない相手だというのに聞き慣れた口調になる。抑揚。間。躊躇。確信。不安と敵意、後退と攻撃。

気がつくと、彼は凍りついていた。

だが、デンマークの秋の風のせいではない。その冷たさは身体の奥底から立ちのぼってきた。何かがおかしいと感じるときは、いつもそうだった。何がおかしいのかも、その理由もわからない。だが、それは彼を悩ませつづけ、ついには見えないものを自身の目で確かめるに至った。

ビエテには、散歩に出かけてくると言った。脚を伸ばして、健康とは程遠い身体に血液を循環させなければならないと。そして、実際に歩いた。デンマーク国家警察からヴェストレ刑務所に向かって。コペンハーゲン市内を三十分ほど歩くと、アーチ状の入口に着いた。おとぎ話で民衆が入ることを許され、お辞儀やカーテシーをする城門のようだ。デンマーク最大の刑務所。看守、主任看守、看守部長、看守長に対して身分を説明するのに時間はかからなかったが、収監されているドーデ・ハンセンに面会許可を得るのは簡単ではなかった。だが、グレーンスはかえって好都合だと考えた――事前の許可なしに刑務所に足を踏み入れることが難しければ、おそらく外に出るのはもっと難しいはずだ。結局、ハンセンの自宅に踏みこんだ際に一緒にいたニュークビン・ファルスターの警察官に助けを求めるはめになった。最初に捜査報告書を作成した人物だ。電話で延々と話し、グレーンスが断固として、ときに型どおりの圧力をかけた結果、その警察官はデンマーク矯正保護局に対して、スウェーデン人の警部は緊急の事情聴取に協力していることを説明すると約束した。そうして、やっとのことで運動場と刑務所内の薄暗い廊下へと続く鍵のかかったドアが開かれた。案内された面会用の小部屋は、グレーンスがこれまでに訪れた他の刑務所と変わらなかった——ビニールに覆われたマットレス、簡素な椅子に囲まれた簡素なテーブル、太い鉄格子が取りつけられた汚い窓。

彼女は見るからに打ちひしがれていた。

ふたりの看守に付き添われ、手錠をかけられたまま、せわしない足取りで入ってきた。髪は乱れ、顔色は悪く、おどおどした目で石の床を見つめている。

グレーンスは看守たちに対して、この場はひとりで大丈夫だと請け合った。彼らを金属製のドアの外で待たせ、容疑者とふたりきりになるほうが事情聴取はスムーズに進み、より多くのことを聞き出せるだろう。面会室の入口にあるコーヒーメーカーからコーヒーを二杯持ってくると、彼女は一方を弱々しい手つきで受け取り、何も言わずに飲み干した。そこでグレーンスは、まだ湯気の立っている自分のコーヒーも差し出し、彼女が半分ほど飲むまで待った。

「あんたの事情聴取を聴かせてもらった。だが、どうしても解せない」

グレーンスは立ち上がると、面会室をぐるりと回り、刑務所の壁を見下ろす鉄格子の窓の前で足を止めた。

「いや、正確に言うと、以前はわからなかった。最初に聴いたときには。あんたがなぜあんなふうに答えたのか、理解できなかった。だが、いまはわかった気がする」

グレーンスは彼女を見つめた。

「あれがあんたの正直な気持ちだからだ。だから取調官に対して、何度も同じ質問を繰り返した。娘は何をしているのか。どこにいるのか。どんな様子なのか。というのも、あんたは……あの子を守っているからか？」

彼女が何か言った。

あまりにも小声で、グレーンスには聞き取れなかった。

「ドーデ——聞こえなかった。もう一度言ってくれ。俺の言ったとおりなのか？　あの子のことを何度も訊いていたのは、支配するためじゃなかったのか？」

「はい」

あいかわらずささやき声だが、たしかに聞こえた。

「あの子を操ろうとしているのではないのか？」

「はい」

「守ろうとしているのか？」

「はい」

最後の〝はい〟は、それまでにも増して小さかったものの、グレーンスの耳に届くころには轟音となり、彼の心を蝕む鈍痛を止めた。やはり推測したとおりだった。

「目下、あんたとカール・ハンセンの捜査でコペンハーゲンに集結している各国の警察官が、ある仮説を立てている。サークルのメンバーの誰かが、ある種の復讐をするために、あんたの夫の写真をリークして捜査の糸口を作ったのではないかと。なんらかの理由で、この閉鎖的なサークルに亀裂が入って、参加者のひとりが禁断の扉を開けた。何かのきっかけで自分が非難されたり、見下されていると感じたのかもしれないし、写真が送られてきた際に自分だけないがしろにされたと思ったのかもしれない。とにかく、気が短い人間を怒らせるには、さまざまな理由が考えられるというんだ。だが、俺はその説には賛成できなかった。それでは筋が通らない。あんたも俺も、そのことはわかっている。違うか？」

彼女は目をそらさなかった。だが、答えもしなかった。グレーンスは自分自身で主張を組み立てなければならなかった。

「なぜなら、写真を送ったのはあんただからだ、ドーデ。あんたがリークした。そして、その写真が俺のところに来た」

面会室のドアがガラガラと音を立て、看守が顔をのぞかせた。

「問題ありませんか？」

「大丈夫だ。ドアを閉めてもらえるか？」

鍵がかけられる際に大きな鍵束が取っ手を引っかく。一日に数えきれないほど金属と金属がぶつかり合う音を聞かされて、どうしたら耐えられるのか、グレーンスには理解できそうになかった。

「ドーデ？」

「はい」

「あんたがしたことなのか、正直に答えてほしい。大事なことだ。俺にとっても、あんたにとっても。何より、あんたが守ろうとしているカトリーナにとって大事なことなんだ」

彼女の口が動く。聞き取れない。あまりにも小さくて。

「はい」

「何に対する〝はい〟だ？」

「わたしです。わたしがあの写真をスウェーデンの支援団体に送りました——匿名で通報できる窓口があるんです。あなたたち警察官とは、なるべくかかわりたくないから。とくにデンマークの警察とは」

警察宛てではなく、支援団体に送られた写真。そのことを知っているのはヴァーナルとビエテだけだ。ドーデは本当のことを言っている。

「夫の写真か？　カトリーナも写っている？」

「はい」

「なぜだ？」

「あれは……」

彼女は震えていた。グレーンスは慰めるべきだった。

「……わたし……」

抱きしめるべきだった。

「……あの人が決めたんです。そろそろいいだろうって。それで荷造りして出発するところだった……」

正しいことをしているのだと言ってやるべきだった。

「……あの子は準備ができてるって、そう言ったんです。誰とでも最後までできるって。それでわたし……わたしは……」

だが、エーヴェルト・グレーンスは何もしなかった。彼女が落ち着くまでじっと待った。経験豊富な取調官として。

「……黙って見てることはできなかった。とにかくできなかった。わたしはいつも写真を撮る係でした。それで、あのとき鏡に背中が映っているのに気づいて、思いきってもうちょっと位置を変えるように言ったんです……あの人はとっても用心深くて、自分の身元がばれないように、かならず写真をチェックしていた。でも、パソコンで探してやっと見つけて、すぐに送って……逮捕してくださいい。あの子を助けるために、お願いです、わたしを逮捕してくださいい。あの人を逮捕してくださいい」

そのとき、グレーンスは彼女が泣き崩れるかと思った。

「ドーデ、それが本当だとしたら——なぜ逃げ出すだけではだめだったのか、説明してほしい」

けれども華奢な身体は姿勢を崩さず、まっすぐのままだった。

「ただドアを開けて、カトリーナの手を取って出ていかなかったのはなぜだ？」

彼女は黙りこんだ。

「そうはせずに、あんたはさらに写真を撮った」

黙ったままだった。

「あいつに殴られたのか？」

彼女は首を横に振った。

「脅されたのか？」

またしても首を振る。

「だったら、もっと詳しく説明してもらわないと理解できない」

彼女は泣いていた。声を立てずに。

背筋を伸ばしたまま、片手でテーブルをぎゅっとつかんでいた。

そして、話しはじめた。

ずっと助けを求めていたこと――いつしか、それが唯一残された手段となっていた。徐々に境界線が曖昧となり、気がついたら異常が正常になっていたこと。継父がカトリーナを支配し、それを通じて母親までも支配していたこと。拒否するという選択肢がない状況で同意したために、虐待に加わったこと。

エーヴェルト・グレーンスはじっと耳を傾けた。次は彼が話す番だ。説明する番だった。

腕や手の一部が写っている写真だけでも裁判はできるが、有罪判決や長期刑には至らないこと。鏡に映った会社のロゴ入りシャツを十分な証拠とするには、それを着た人物の身元について、撮影者が証言する必要があること。罪を認めない夫に対して、彼女がそれを覆す証言をしないかぎり、カリフォルニアの小児性愛仲間と同じく、夫はすぐに釈放されるはずだということ。そうなれば、娘の身の安全は保障されないこと。

ふたりは長いあいだ見つめ合った。

少女の母親は泣きながら覚悟を決めた。

取り乱すことなく、静かに涙を流しながら。安心したかのように。

「わかりました」

「決めたのか？」

「はい」

それから彼女は金属製のドアに駆け寄り、〝終わりました〟と叫びながらノックした。早くしないと気が変わるとでもいうように。看守が鍵をがちゃがちゃいわせ、取っ手を引っかきながらドアを開けると、彼女は振り返った。

「証言します。残らず話します。そのせいで、二度とカトリーナに会えなくなったとしても。そうすれば、少なくともあの子はもうあんな写真のような目には遭わないで済むから」

七時間後

秒を刻む時計。時間が意味を失うまで。

ピート・ホフマンはサンタマリアの小さなホテルをチェックアウトした。町の至るところに美しい白い教会が建っている。あのとがった屋根に登れば、太平洋とその彼方の世界のすばらしい眺めが見えるだろう。空港へ向かう前に、彼は一軒の教会の前で車を駐めて、そんなことを考えた。運転を続ける気にはなれなかった。心にぽっかり穴があいたようだった。一日、一時間、一分、一秒が生死を分ける任務が終わると、いつもそうだ。でも、それだけではなかった。ただこの場を去りたくなかった。いつもと同じで、激しく燃える情熱に身を焦がすように、ソフィアや子どもたちが恋しかった――だが、まだ準備ができていなかった。

まだ終わっていない。

ホフマンはそう感じていた。

車を降り、慣れ親しむ暇のなかった町を歩きながら、寝静まった窓の中に目をやる。他人の生活に。一見、なんの問題もないこの家々の壁の奥に、オニキスのような男や傷だらけの十代の娘がどれだけ隠れているのか。この周囲の空気を通して、裸の子どもを暴行する映像が匿名のコンピューターにどれだけ送られているのか。際限のない残酷な行為は、わずかのあいだ件数が減るだろう。壊滅した小児性愛サークルのリーダーが証拠不十分で釈放され、活動を再開するまでの、ほんの数週間だけ。

この時間帯は、見知らぬ場所を探検するのにうってつけだった。

夜明け。

真っ暗な海を前にしていた数時間前と同じように、目を覚ましつつある光は穏やかだったが、穏やかな気分にはなれなかった。

棒のように両腕を伸ばし、存在しない答えを捕らえようとしながらゆっくりと歩く。ショーウィンドウや閉まったレストランの前を通り過ぎた。通りの真ん中に横たわって、雲のない空を見上げ、落胆と怒り以外の何かを感じようともした。だが、その混じりけのない青さや、あちこちを飛びまわる鳥は目に入らず、鍵のかかった防弾ドアの向こう側でハードディスクが破壊されるあいだ、血を流しながら不敵な笑みを浮かべていた顔しか見えなかった。

携帯電話が鳴ったのも、そうして横たわっているときだった。

「――もしもし？」

「何してるんだ？」

「横になってます」

「そっちは朝だろう？」

「もうちょっと早い時間です」

「横になってる――空港のホテルで？」

「なんの用です、グレーンスさん？」

「帰ってくるな。まだ」

ひと気のない町の通りの真ん中で、ピート・ホフマンは起き上がった。

「空港のホテルじゃありません。そこまでたどり着いてない。まだサンタマリアです。あの人里離れた住宅地から二、三十キロほどのところにいます」

「そこに戻るんだ」

「どこに？」

「グレーンスさん――今日も鑑識官たちが来て作業する予定です」

「オニキスの家だ」

「なんとかする」

「理由は？」

「パソコンがあった場所へ行ってくれ。着いたら、また話そう――あまり時間がないんだ」

「あのパソコンは、いまごろ警察署で厳重に管理されています」

パチパチという音がして、回線が途切れそうになる。ホフマンが電話を切ってかけ直そうかと思ったとき、ふたたび警部の声が聞こえた。

「俺が関心があるのは、それじゃない」

「というと？」

「向こうに戻って、コピーがあるかどうか確かめてほしい。もしあれば、それはあいつが消去できなかったものだ」

警察の黄色いテープが穏やかな風にはためき、手入れの行き届いた芝生には、そこかしこに深いわだちができている。だが、人影はない。家の所有者も、捜査を行なう警察官の姿も。

ピート・ホフマンは歩いて近づいた。

本当に敷地内に誰もいないと確認できるまで、車に留まるべきだったかもしれない――だが、近隣の住民が起き出す前に出てこなければならない。そこで、ホフマンは前日の行為を繰り返した。白い囲い柵の門を開ける。煉瓦の壁まで走る。側面の陰に身を潜める。侵入口とした地下室の窓は、昨日の警官隊に封印されていたため、隣の窓まで行き、バックパックからカミソリ、ペンチ、吸着カップを取り出して窓ガラスを外した。花壇にうつ伏せになり、やはりカビの臭いを感じつつ地下室の床に着地する。だが、そこに自分を見つめる目はなかった。

階段は昨日と同じく軋み、一階に出るドアは鍵が壊れて少し開いていた。夜の闇の中であやうく命を落としかけた廊下には、朝の光が射しこんでいる。書斎の防弾ドアも開いていて、予想どおり、埃のたまったデスクのパソコンや自作の機器があった場所には、四角い跡が残っているばかりだった。

「グレーンスさん——着きました。中にいます」

先ほどの電話の最中、警部はコペンハーゲンの街を歩いていたが、いまは屋内にいるようだった。デンマーク国家警察本部に戻ったのだろう。

「よし。パソコンと付属品は？」

「見当たりません。アメリカの警察も」

「望みどおりだ」

ホフマンは部屋じゅうの床や壁を調べ、それからデスクの引き出しを開けた。ほかにも何かが持ち去られた痕跡がある。パソコン以外にも、鑑識官が詳しく調べるために運び出したのだ。

「ピート——少し前、おまえの家に押しかけたときに、俺と一緒にいた若い男を覚えてるか？」

「押しかけてきたのは一度だけじゃないでしょう」

「おまえとソフィアを北墓地まで連れていくあいだ、子どもたちの面倒を見ていた男だが」

「覚えてます」

「ベビーシッターは彼の本職ではない」

「そんなことだろうと」

「彼はフリーランスで、警察のコンピューターの専門家では歯が立たないときに手を貸してもらっている。昨日、おまえがオニキスの装置について説明したときに聞いてたのも彼だ」

「で？」

「あのあと、折り返し電話があった。解決策があるかもしれないと。もうひとつコピーが存在するかもしれない――オニキスが消去する時間も手段もなかったものが」

　ピート・ホフマンは、小児性愛サークルのリーダーが写真を売る際に座っていた椅子に腰を下ろした。心臓が激しく高鳴っている。つまり……まだチャンスはあるのか？

　鍵のかかった独房で朽ち果てる。

　毎日少しずつ死んでいく。

　俺が怒りに駆られて銃でとどめを刺すよりも、はるかにふさわしい罰。

「いま、彼につないでいる。昨日と同じ三者通話だ」

しばらくかかった。警部はボタンをいじり、悪態をついて、さらにボタンをいじった。そして、やっとのことで新たな声を加えることができた。

「警部？　何か？」

ホフマンは若い声に耳を傾けた。物怖じしない生意気なしゃべり方だ。グレーンスに対してそんなふうに話して、許される人物は多くない。

「電子機器や装置は俺の専門外だ。それで、きみの出番というわけだ、ビリー。ピート——聞こえるか？」

「はい」

「よし。ビリーはどうだ？」

「聞いてますよ」

生意気な声が返ってくる。

「僕の考えを言わせてもらうと、あのおぞましい写真は、奴らにとって最も貴重な財産だから、ぜったいに簡単に消去できないようになってるはずです。つまり、当然バックアップが存在する。だって、ある晩、たまたま違うボタンを押しちゃったらどうするんですか？　グレーンスさんみたいに、いろいろいじくりまわして間違えたら？　家が火事になったら？　強盗に入られたら？　あるいは――」

ビリーは言葉を切った。何かを飲む。舌鼓を打つ。

「奴らの扱ってるものを見ました。どう管理してるのか、技術的に。奴らは、いわゆるスーパーハッカーでもなんでもないですよ――あの消磁装置はなかなかのアイデアですけどね。だから、ＵＳＢメモリや別のディスクみたいな物的証拠を残さずにコピーを作っていたとしたら、ぜったいクラウドにあるはずです。そのリーダーと呼ばれてる男は、何もかも――あのハードディスクの中身を全部――暗号化して、そのファイルをクラウドに上げているにちがいありません」

「待ってくれ」

ピート・ホフマンはささやいた。

「何か物音がした気がする」

彼は電話を持ったまま、腕を下ろした。車のドアが閉まるバタンという音が、たしかに聞こえた。それほど遠くないところから。じっと待った。耳をそばだてる。だが、もう聞こえない。

「近所の住民だ。起きてきたんだ。続けてくれ」

「クラウドです。奴のようなタイプは、自分のファイルをそこに隠しているかもしれない。

だとしたら、同じ方法では消せません」

またしても音。車のドアの音が聞こえた方角から人の声。

「どうすればいいのかだけ教えてくれ。もうじき邪魔が入るかもしれない」

「ルーターです」

「どういうことだ?」

「バックアップはルーターで探せます。パソコンをインターネットに接続する装置です。そこに残された記録を辿れば行き着きます――クラウドサービスのIPアドレスに。ルーターを持ち出して、UPSでもフェデックスでもいいので、とにかく僕に送ってください。ケチらなければ、一日か、せいぜい二日で着きます、警部。その間に、警察からネットワークプロバイダーに対してバックアップへのアクセス権を要求してください。そうしたら、すぐに解析を始めます。無数にあるパスワードをひとつずつ試していきます――成功するまで。ファイルを開けるまで」

ふたたび車のドアの音。さっきより近い。

声も。

ホフマンは門と小道に面した窓に駆け寄り、そっと様子をうかがった。

警察官。戻ってきたのだ。

「ルーター？　どこにある？　三十秒後には、ここを出ないといけない」

「僕だったら、パソコンと同じフロアに置きます」

「それで？」

「同じ部屋じゃなくて……」

鋭い音。

そう聞こえた。

一回。二回。三回。

玄関のドアのバリケードテープが剝がされているのだ。

「……せいぜい三、四メートル離れた屋内のどこか。もしかしたら——」

「心当たりがある」

配電盤キャビネット。混乱とパニックのさなかに、みずから強引にデータを消去するパソコンを止めようとして、家じゅうの電源を落とした場所だ。その横の棚に、緑色のＬＥＤが光っているものがあったような気がする。

ホフマンは廊下を急いだ。

あれだ。

確かか？

やっぱりそうだ。

彼はコードをまとめ、軽いプラスチックの箱をつかんだ。ところが持ち上がらなかった。まったく動かない。オニキスはルーターを二本のネジで棚に固定していたのだ。

コピーがあるかもしれない。証拠が、ピート。まだチャンスはある。

ホフマンは力いっぱい引っ張った。もう一度引っ張り、前後に動かそうとした。だが、びくともしなかった。取り外すには何か道具が必要だ。あるいは、正体がばれる危険を冒すほどの強力な武器が。

先ほどの音は、いまやすぐ外から聞こえてくる。

鍵を差しこむ刑事や鑑識官。

錠が外れる。

ドアの取っ手が押し下げられる。

ピート・ホフマンはルーターから手を放して駆け出した。地下室のほうへ。入口から射しこむひと筋の光が腕の影を浮かび上がらせた瞬間、地下室のドアが閉まり、彼は軋む階段をそっと下りて、取り外した窓へと向かった。

地下室の天井に響く重たい足音。

家の中に入ってきたのだ。

ホフマンは窓枠をつかんで身体を押し上げ、窓を外した穴から上半身を押し出した——だが、半分ほど外に出たところで動きが止まった。

彼は凍りついた。

制服を着た警察官がひとり、囲い柵の前に立っていた。そこから遠くない場所にも、もうひとり。彼らは外でも痕跡を探している。

もはや逃げ道は閉ざされた。

惨めなネズミのように壁ぎわにうずくまっていた。

どこへも行けなかった。

ここではなく、自宅の地下室にいたときと同じだ。あのときは自分が殴り、グレーンスが床に伸びていた。だが、いまはさらに厄介な状況だ。不法侵入した家で、その所有者を徹底的に叩きのめした。しかも外国の警察のために偽名で行動している最中で、万が一の場合には存在さえ否定される。

ピート・ホフマンは、できるかぎり窓を元に戻した。よほど目を凝らして見ないかぎり、ガラスを固定する漆喰やネジのほとんどが取り除かれていることには気づかれないだろう。

わずかに射しこむ陽の光に助けられた。

子どもたちのマットレスや枕は床に置かれたままで、周囲にはがらくたが散らばり、古い家具や段ボール箱、服などが壁ぎわに山積みになっている。頭上では、あいかわらず捜査官たちが足を踏み鳴らし、部屋から部屋へと動きまわっていた。

だが、やがてそのうちのひとりが向きを変える。

地下室のドアが開き、足音が階段を軋ませながら近づいてくる。

「もう一度言ってくれ」

英語。わずかにスペイン語訛り。

「聞こえない」

階段の途中で止まり、上にいる誰かが何かを繰り返すのを待つ足音。ホフマンはとっさに伏せて家具の山に潜りこみ、間一髪でアンティークの木製飾り棚の下に身体を押しこんだ。

「十分だけだ。最後にもう一度、見ておきたい。いいか?」

上のほうから〝わかった〟という返事が聞こえ、重い足音はふたたび下りてきた。仰向けになったホフマンは、音を立てずに息を吸うたび、棚の底面で胸が圧迫された。男は歩き方が重々しいだけでなく、身体そのものが重かった――ゆっくりとした足取りで、だんだんと近づいてくるのがわかる。

警察官ひとりを取り押さえ、武器を奪い、最悪の場合、危害を加えるのは造作もないが、いまの状況では不可能だった。ひとりの後ろに何人もの警察官が控えている。おまけに、ここは彼らの縄張りで、ホフマンはまったく見知らぬ環境で逃げなければならない。
ピート・ホフマンはゆっくりと顔を動かし、冷たい床に頬を押しつけた。
かすかな光に金属製の猫用ボウルが反射する。
そのボウルの前に、一足の黒い靴が現われた――彼の目と鼻の先に。

ホフマンは秒を数えた。攻撃の準備はできている。ソフィアと、ふたりで過ごした人生を思い浮かべた。これまでは、何かを決めるのはいつも彼だった。けれども今回は彼女が決めたことだ。彼は靴を見つめ、男が引き出しを引っかきまわしたり箱を空けたり戸棚を開けたりする音に耳を傾けた。やがて警察官が最後の一歩を踏み出すと、彼はますます強く床に身を押しつけ、固唾をのんだ。いまや相手はすぐそこにいた。

アメリカの警察官は、暗い地下室を十一分二十八秒のあいだ歩きまわっていた。そして同僚たちとともに、地下室の天井の上を合計で八十四分十八秒のあいだ動きまわっていた。パトロールカーのドアが閉まり、静かな住宅街を走り去ってから、さらに十四分三十七秒が経過した。それがホフマンのしたことだった。時間を計る。音を立てずに呼吸する。背中を床に押しつける。二度にわたり、もはやこれまでと覚悟して、無意識にナイフを握る手に力を込めた。最初は、懐中電灯が飾り棚をとらえ、光が下側に跳ね返って彼の身体の一部を照らしたときだ。そして二度目は、捜査官が段ボールの中身を写真に撮るためにしゃがみ、黒いズボンの膝がホフマンのじっと見つめる目のわずか数センチ先まで迫ったときだった。

ピート・ホフマンは飾り棚の下に留まって、アンティークの木製家具の底面に息を吹きかけていた。

長いあいだ。

玄関のドアの二重ロックがかけられ、バリケードテープが丁寧に貼り直される音が聞こえてからも。

日中は動かず、あたりが暗くなって夜の静寂が訪れるまでそこに留まった。

それから階上に戻り、人知れず点滅する装置のネジを外し、バックパックに入れて、リビングルームの窓から抜け出した。

四日後

エーヴェルト・グレーンスが手足を伸ばして横たわっているキッチンのソファーからは、アパートメントにひとつしかない時計がよく見えた。オーブンの扉とコンロに挟まれた調理台の片隅で、光を放つ色鮮やかな数字。一時三十四分。つまり、よく知らないうえに共通点は何ひとつない人物の家に、四十八時間以上滞在していることになる。二日間、一度として玄関のドアを開けず、秋のストックホルムの濡れて滑りやすくなった歩道を歩くこともなかった。

「眠ってるんですか、警部？」

ビリーの声はあいかわらずはっきりして、力がこもっていた。

「警部？」

「ああ、眠ってる」

「そのままで。もうちょっとかかるんで」

グレーンスがスウェーデンに着くのとほぼ同時に、カリフォルニアから小包が届いた。おかげで、カタリーナ・バン通りの最上階のアパートメントで残りの休暇を過ごすはめになった。おもにコーヒーメーカーの前で。いまもまたそこへ向かっている。

「コーヒーはどうだ？　どっちにしろ自分用に淹れるところだ」

「ちっとも眠ってないみたいですね、警部」

「せっかくだから特大のカップにしよう。前と同じ」

このところ人生は驚きの連続だった。新たな考えが生まれ、ものごとの意外な側面が見えた。たとえば警部エーヴェルト・グレーンス――何十年ものあいだ、安全な場所に閉じこもってひたすら同じことを繰り返してきたというのに、コーデュロイのソファーから離れ、オフィスを出て、青い蝶のみを追って外国まで行く。男やもめのエーヴェルト・グレーンス――長年、孤独を選び、知り合ったばかりの相手と一緒にいると落ち着かなかったにもかかわらず、自宅に逃げ帰ることなく、窮屈なキッチンに入り浸っている。六十五歳のエーヴェルト・グレーンス――考えも行動も若さとはかけ離れ、あれこれ訊かれるのが嫌いだったが、いまでは次々と質問を浴びせる二十七歳の若者がそばにいてもリラックスできている。こうしたことはすべて、目下、順を追って解析されているさまざまなコンピューターのプログラムやファイルと同じくらい、グレーンスには理解できなかった。

「ほら。ミルクも砂糖もなし。俺と同じだ」

「ありがとうございます、警部」

アパートメントの唯一の部屋で、グレーンスは特大のカップをキーボードの横に置いた。その間も、ビリーの軽やかに踊る指は休むことなく新たなアルゴリズムを入力している。彼が推測したとおりの場所で――ホフマンが持ち出したルーターと、最終的にビエテが圧力をかけたネットワークプロバイダーのおかげで――発見された暗号化オブジェクトを開くために、次から次へとパスワードを試している。クラウドサービスに隠されていたコピーだ。

「もう一度訊くが、パスワードでファイルが開いたときに目にするものに対して、覚悟はできてるか？」

「お気遣い無用です、警部。わかってますから。前回の写真は……とにかく忘れたいとしか思えませんでしたが」

「今度のはもっとひどい。あらゆる面でもっと残酷だ。目も当てられない虐待だ……」

「気持ちは変わってません。あの人でなしはぜったいに逃がさない」

デンマークでビエテの背後に控えていたときと同じく、心配してうろうろ歩きまわったあげくに、いつのまにか周囲の人間を怒らせるようなことは避けたかった。そこでグレーンスは、特大のマグカップからも、パソコンの画面からも、ビリーの踊る指からも離れて、簡易キッチンのソファーに戻った。意外にもオフィスのソファーと同じくらい心地よい。グレーンスには、もうひとつ解決すべき問題があった。ジェニーを捜し出して、もう一度、会いたい。いくつかの理由で。ひとつは、保存された画像の謎を解明するためだ——捜査で切羽詰まっていた際に、小児性愛サークルのメンバーどうしで頻繁にやりとりされていた注文をたまたまクリックして見つけたもの。その写真はいま、目の前のキッチンテーブルにある。そして運がよければ、ジェニーはここに写っている少女の身元を確認してくれるだろう。だが、まずは彼女を見つけなければならない。

自宅からビリーのアパートメントに来る途中、エーヴェルト・グレーンスはクロノベリの警察本部に寄って、オフィスのあらゆるものをひっくり返した。デスクの引き出しという引き出し、本棚の膨れ上がったバインダーというバインダー、壁ぎわに並んだ書類であふれそうなプラスチックのトレーというトレーをすべて。結果はウィルソンが言ったとおりだった——ジェニーの電話番号をメモした紙は見つからない。オニキスのパスワードの解明と並行して、コンピューター上で彼女の痕跡を検索するようビリーに頼もうかとも考えたが、結局、思い直した。ジェニーも彼女の娘の話も、現時点では国際的な捜査の対象ではなく、自身の旅の過程にすぎない。そして前に進むのは、ひとりで旅をするということでもある。

「警部？」

「なんだ？」

「まだそこで眠ってるんですか？」

「ああ」

「そろそろ時間です」

「時間？」

「たったいま判明しました。小児性愛サークルのリーダーの暗号化オブジェクトが開けました」

大きなモニターの前に並んで座ったふたりが、秘密の扉の奥で見つけたものの全容を理解するまでには、しばらく時間がかかった。

オニキスと名乗る男が隠していたのは、みずから撮った写真、自分で送ったり受け取ったりした写真だけではなかった——閉鎖的なサークル内でこれまでやりとりされてきた写真が一枚残らず保存されていた。一覧によると、多数のファイルに含まれている児童ポルノは、合計で八十万点にのぼった。銀行口座のパスワードやメールアドレスのリストを整理し、世界各地からの注文、請求書、支払いを分類すると、小規模の上場企業に匹敵するほどの取引高があることが判明した。ホフマンが突き止めた、オニキスとレニーのビジネス——写真や動画の販売——がいま、目の前の画面に姿を現わしたのだ。細かく計算しなくても、警部が見積もったところ、何千万ドルもの収益をあげている。

「これは……ビリー……なんと礼を言ったらいいのか」

「それについては、あらためて連絡しますよ」

「それまで戦々恐々の毎日だ」

グレーンスはほほ笑んだ。

「これで実際に存在していることがわかった。すべて存在する。だが、これだけでは不十分だ」

「不十分？　まだ時差ボケが残ってるんでしょう、警部。何しろ、はるばるデンマークから一時間もかけて帰ってきたんですから。でも——ちゃんと目がついてますか？　これ以上ないほど明快ですよ」

「不十分なんだ——法的には」

ビリーは立ち上がった。腹を立てていた。パソコンの画面の前で細い腕が翼のようにはためく。

「何を言ってるんですか？　これまでやってきたことは、すべて無駄骨だったんですか？　あのとんでもない怪物は自由の身になるんですか？　あなたが……あなたがそこに座って――」

「俺が言ってるのは、正義と法律はかならずしも一致しないということだ。正義を望むのであれば、少しばかり法律を曲げないといけない」

ビリーはあいかわらず腕を振りまわしている。

「それはつまり、具体的にどうしろと？」

「解決法を見つける必要がある。ここにあるものが、今後の裁判で証拠として除外されないようにするんだ。きみも俺も、公式なルートから外れて無許可で活動している。そのせいで暗号化ファイルを改竄した疑いをかけられるかもしれない。現時点では、まともな被告側弁護士だったら、これがすべて不適切に扱われた証拠だと主張するのは朝飯前だ」

グレーンスは若い男を見つめた。寸前まで明らかににじみ出ていたプライド、笑みは、もはや消えていた。だが、その顔に不安はなかった。むしろ集中力、目的が見て取れる。それがいまのビリーの表情だった。日中の外出を避けるために夜どおし謎解きに耽る若者。仲間の人間と交流する方法を見つけるよりも、デジタルの迷路を進もうとする男。

「だとしたら、警部、小児性愛者たちとまったく同じようにやればいいんです。自分で仕掛けた罠に落としてやりましょう」

「説明してくれ」

「これを匿名でアメリカの警察に通報します。あちこちを経由させることで、出どころを突き止められないようにして。青黒く腫れた顔がようやくほぼ元どおりの黄褐色に戻った年寄りの警察官と、服のセンスが皆無で暇を持て余しているコンピューターおたくが送り主だということは、けっして悟られずに。情報はすべて匿名の通報として届きます。厳重に暗号化されたファイルの形で。警察のIT専門家は、僕がやったように苦労して解除するはめになりますが。まあ、せいぜいがんばってもらいましょう」

エーヴェルト・グレーンスは、ゆっくりと息を吐き出していた。

うまくいくかもしれない。

「そんな奴、いるのか？」

「どんな奴ですか？」

「同じくらい優秀な奴だ。きみと」

ビリーはふいに恥ずかしくなって目をそらした。グレーンスが本当に疑問に思っているのは確かだったが、それが警部なりの褒め言葉だということもわかっていた。間違いなく誰かを褒めることに慣れていない人物からの褒め言葉。

「たしかに、その可能性は低いでしょうね」

ビリーは視線を戻した。恥ずかしさは消えている。

「でも、同じくらい優秀な人材は何人かいるはずです。それに、ある意味、楽しみですね――あのくそリーダーが自分の方法で身を亡ぼすのが」

それからふたりは無言になった。画面に向かって隣り合わせに座り、すべてを証明する暗号化ファイルの中身を確かめた。八十万点もの児童ポルノの所有。何千万ドルもの利益。サークルのメンバーたち――いまだ身元を特定できない〝レッドキャット〟以外――には、各国の制度が許すかぎりの有罪判決が下されるだろう。

「自分で思ってるほど下手じゃないぞ、ビリー」

「何がです?」

「人付き合いだ」

「あなたもです、警部」

ついにここまでたどり着いた。ようやく手に入れた。

サークルの創設者兼リーダーも含めた、全員の罪を裁くための証拠。

そう考えて、ふたりは一瞬、顔を見合わせて笑みを浮かべた。

九日後

国際線ターミナルは期待に満ちていた。興奮のざわめき。大勢の人が押したりぶつかったりしながら群がっていたが、殺気立った雰囲気ではない——自動ドアが静かに開き、疲れた目をした乗客たちが重いスーツケースを引いて出てくるたびに、皆、前の人を押しのけるようにして身を乗り出す。エーヴェルト・グレーンスは三十分近く、人々の対面の様子を眺めていた。抱擁、涙、笑い声。空港は矛盾にあふれ返っている——とりわけ動いていた人が立ち止まるときには。

そして、ようやく到着した。

かさばる荷物と格闘する年配の夫婦と、似たようなブリーフケースを手にしたビジネスマンのグループに続いて。ピート・ホフマンとリニーヤ。ホフマンは小さな鞄を持ち、もう一方の手を少女の細い肩に軽く置いて、出口で待ち受ける人々のほうへやさしく促した。

グレーンスは懸命に手を振り、それから少しは静かな場所を探して後ろに下がった。そして、ふたりが近づいてくると、わずかに身を屈め、七歳にしてはずいぶん大人びた目をのぞきこんだ。

「やあ。おじさんはエーヴェルトといって、警察官だ。ピートの友だちで、きみを助けるために来たんだ」

少女はじっと聞きながらグレーンスを見ていたが、なんの反応も示さなかった。ぼんやりしたまま。停止していた。

「それで、警察官として――」

「英語で話さないと通じませんよ。スウェーデン語は単語をいくつか覚えているだけです」

ホフマンは警部を見てから、少女を振り返って英語で話しかけた。

「そうだろう、リニーヤ？　英語だよな？」

少女はうなずいた。長いあいだ、ためらってから。恐る恐る。

そのときグレーンスは気づいた。

彼女にとって、スウェーデン語は消えてしまったも同然なのだ。

おそらくそれが彼女の停止したものだ。自分の過去。生き延びるために。

「よし、英語で話そう。リニーヤ、おじさんは警察官で……」

忘れかけた英語でリニーヤに説明するのは時間を要した。おまけに、かなり苦労した。なかでも、両親のことを伝えるのは大変だった。ふたりにはまだ何も伝えていない。娘が戻ってくるなんて、ふたりは夢にも思っていないだろう。万が一、手違いがあって娘が飛行機に乗っていなかったら——彼女にとって古い世界であると同時に新しい世界に出てこなかったら——両親の希望を奪ってしまうことになる。グレーンスはそれを恐れて何も言わなかった。

警部は空港の売店に寄って、ふたりにアイスクリームを買い——少女はそれを受け取ると、ホフマンを見て、彼が食べてもいいとうなずくのを待った——お菓子や炭酸飲料も選んだ。ストックホルムへ向かう車の中では、グレーンスが気づかれないように隙を見てバックミラーに目をやると、少女は歯にくっつきそうなキャラメルの包み紙をむくのに夢中だった。リニーヤはあいかわらず魂が抜けたようだった。表情は曖昧で、喜びも怒りもない。肌は青白く、目の下にはクマがあり、薄い唇は乾いている。髪は、スーパーマーケットの防犯カメラに映っていた三年前の姿よりも短かった。誰が切っていたのだろう。ひょっとしたら、この少女が自分で切ることを覚えたのかもしれない。これといった目的もなく、グレーンスは何度か話しかけてみたが、返事はなかった。無理もない。その理由も理解できた。トースターに映った自分の姿を眺めたり、ロウソクの箱をひっくり返したり、ナプキンのやわらかいパックを人さし指で押してみたりして、喜びに満ちた毎日を送っていた幼い子ども。考えも希望も言葉も持っていた少女。なのに、生き延びることと引き換えに、そうしたものをすべて手放さなければならなかったのだ。それでも、リニーヤは車の後部座席で何度もホフマンを恥ずかしそうに見ていた。自分をこの世の地獄から連れ出してくれた、見知らぬ人物に対する信頼に、グレーンスは心を動かされた。ごく短期間のうちに、潜入捜査員は異常な男たちがあの手この手で打ち砕いた心に入りこんでいた。

ストックホルム中央駅に着くと、少女は泣き出した。ホフマンが飛行機の長旅のあいだに何度か伝えようとしたことを、最後にもう一度繰り返したのだ——スウェーデンの空港で、エーヴェルトという名の友人が待っている。心から信頼している人だ。ストックホルムという町に着いたら、自分はそこで別れなければならない。きみは、そのまま車に乗って、家族の待つ家まで行く。リニーヤはホフマンの首に抱きつき、しっかりとしがみついて、涙が枯れるまで泣いた。おかげでグレーンスとホフマンは、小さな指を一本ずつ剝がして、少女を引き離さなければならなかった。

グレーンスには痛いほどよくわかった。彼も他人を信用していない。そのほうが楽に生きられると学んだからだ――だとしたらこの少女は、あんな目に遭ったあとに、どこで信頼できる相手に出会えるというのか。会ったこともない年寄りの手に委ねられて、どれだけ恐ろしい思いをしているのか。

だが、こうするしかなかった。

スウェーデンの警部の非公式の同僚は、死亡を宣告された少女が生きていた件に関して、互いのためにおもてに出るわけにはいかない。ただでさえ、エーヴェルト・グレーンスは上司からの山ほどの質問に答えなければならないのだ。これ以上、質問を増やす必要はなかった――法律に反するとわかっていて、なぜ民間人を潜入捜査員として利用したのか、という質問を。ピート・ホフマンのほうも、また任務を引き受けたことを犯罪組織にも警察にも知られたくなかった。金輪際、新たな仕事の話を持ちかけられることがないように。

車の中で、かよわい少女とふたりきりになったとたん、グレーンスは不安に襲われた。有無を言わさぬ、容赦ない不安。胃のあたりの、つねに心配が根付いている部分がキリキリ痛む。

彼は精いっぱい温かい笑みを少女に向けた。

なんてことだ。

手に取るようにわかった。少女の不安が。

悲しみ。

手を放さなければならなかったときも。ますます小さくなって泣き崩れたときも。

いったい、どれだけ辛い経験をしたのか？　どうやって耐え抜いたのか？　そしていま、自分がどこへ向かっているのか、気づいているのか。

これまで考えたことはなかった——そもそも少女は、家族のことを覚えているのだろうか。連れ去られたのは、わずか四歳のときだった。はたしてそれ以前には、どんなイメージが人を形作るというのか？　かろうじて残っているのは、どんな記憶なのか？　自分は、この子にとってまったく見知らぬ人の家の前で車を停め、降りてドアをノックするように言おうとしているのか？

スピードを落とし、縁石に寄せてからグレーンスが車を降りると、少女の不安はさらに増した。だが、電話をかけなければならなかった。家族に知らせなければならない。彼らに心の準備ができていれば、少なくとも怒濤のような感情で少女を怖がらせることはないだろう。

しばらく誰も出なかった。やがて、どの子だかはわからないが、ちょっぴり用心しつつも楽しそうな高い声。グレーンスがお父さんかお母さんに代わってほしいと告げて待っていると、軽い足音は遠ざかり、ほどなくもっと重い足音がゆっくりと近づいてきた。思ったとおり、土曜の朝は家族がそろっている。だが、次に聞こえてきた声は、さほど楽しそうではなかった。葬儀のときに揉めた少女の父親。警部に対して、地獄に落ちろと言ったも同然の男性。そしてまたしても、ほぼ同じような言葉遣いで電話を切った。グレーンスがすぐにかけ直すと、今度は母親が出た。やはり怒っているが、それほど攻撃的な口調ではない。そして彼女が、警察官は市民のために働き、市民を守るべき存在であるはずなのに、実際には苦しめているという現状を裁判官はどう見なすかといったことを細かく説明するあいだに、ようやくグレーンスは比較的長い間を捉えて、ごく簡潔かつ正確に事実を伝えた。

母親は黙りこんだ。

かろうじて届く声で夫を呼んだ。

泣いていた。

どうしたの、ママ、何が悲しいの、と心配そうに訊く子どもたちをなだめた。

何度も何度もエーヴェルト・グレーンスに本当かどうか尋ね、彼が本当だと答えると、ますます泣いた。

それから彼女は、娘が何日後に到着するのかを知りたがった。三十分後だ、とグレーンスが伝えると、母親は完全に無言になり、しばらくすると受話器を落とした。あとはツーツーという耳障りな音が続くばかりだった。

車に戻ると、リニーヤは後部座席で仰向けになっていた。少女は状況を理解している。グレーンスには、はっきりとわかった。目はあいかわらず虚ろだったが、もうぼんやりと停止した状態ではなかった。ただ何も感じていないのだ。高揚感もなければ確信もない。どこにも向かわないのであれば、おそらく横になったほうが楽なのだろう。

前回、この家を訪ねたのは八月の穏やかな夜だった。同じ大きさの区画が並んだ突き当たり。各家の美しい緑の芝生でスプリンクラーが回転音を立て、この石畳の小道にはあちこちにおもちゃが散らばっていた。いまやすっかり葉の落ちた果樹はうずくまったように見え、サッカーボールもトランポリンも大きな物置小屋に片づけられていた。以前よりも肌寒かったが、グレーンスは生気にあふれていた。

少女は小さな足で戸惑いながら歩いた。

新しい、けれども懐かしい部屋のある家に向かって。

エーヴェルト・グレーンスは、その細い身体の後に続いた。転びそうになったら抱きとめられるように、すぐ後ろに。

しばらくして、少女がひんやりした金属製の呼び鈴を指先で押すと、家の中のあちこちから、三人の子どもの足が先を争うように床を踏み鳴らす音が聞こえてきた。

すぐに玄関のドアが開く。

ヤーコプ。

リニーヤの双子の兄。

妹に抱きつき、やわらかいと同時にこわばった七歳の身体を抱きしめて、ようやくリニーヤも抱きしめ返すと、ヤーコプはみんなに聞こえる声でささやいた。

「ずっとわかってたよ。どこかにいるって」

十四日後

もう一度だけ。

エーヴェルト・グレーンスは定期的に引き出しや棚やキャビネットをひっくり返し、フォルダーをそこらじゅうにばらまいていた。いま、また同じことをしている。彼女の連絡先を書き留めたメモ用紙を捜す。最後に、もう一度。それであきらめるつもりだった。

今朝早く、昨日もおとといも、家に戻ってから毎日欠かさずチェックしている住民登録データベースをチェックした。デジタルの世界には、彼女はもはや存在しなかった。

それとも、彼女の名前を間違って覚えていたのか？

ジェニー・ウリベ。アンニの旧姓にそっくりだ。アンニ・ウリバ——はるか昔に彼が恋に落ちた女性。パリのスウェーデン大使館で、二名の守衛を証人にして五分で終わった結婚式のあと、アンニ・グレーンスとなった。アンニとジェニーの旧姓を混同していたのか？　だから見つからなかったのか？　ジェニー・ウリベという名前の人物は、スウェーデンにはひとりしか存在しない。たとえここ数カ月内に、海外に移住するか死亡するかして登録が抹消されていても、閲覧可能な履歴には残っているはずだった。ひょっとしたら、姓は記憶どおりでも綴りが間違っているのか？　文字の上にアクセント記号やら点やら丸がついていたのだろうか？

調べるべき場所は二カ所。

墓碑の並んだ墓地と、地下の記録保管室。

初めて彼女の名前を知ったのは、そこだった――警察本部の奥底にある、早朝に寂れたコンクリートの駐車場で姿を消した少女に関する捜査資料をまとめた保管箱の中。だから、彼はふたたび箱やバインダーや書類の束が詰まった背の高い棚のあいだを歩いていた。通路17、セクションF、棚6。前回と同じ場所。移動はしごの上でバランスを取れれば、下ろすのが簡単な小さめの箱のひとつ。

ところが、その箱はなかった。

どれだけ近くの箱を動かしたり向きを変えたりしても。

どこにも見当たらなかった――それとも、その箱のことも記憶違いだったのか？

前回と同じく、前に進みつづけるために後ろに下がらなければならなかった。市警察のアーカイブ・コンピューターにログインして、見知らぬ女性との墓地での会話からキーワードを選び出した時点まで。〝行方不明〟〝少女〟〝セーデルマルム〟〝駐車場〟〝ワンピース〟〝三つ編み〟。

それらのキーワードをもう一度入力した。

だが、一件もヒットしなかった。

エーヴェルト・グレーンスは眩暈に襲われた。息を止めようとする。吐き出したら二度と戻ってこないような気がした。

最初は、ジェニーの連絡先のメモが煙のように消えた。

次に、自治体のデータベースにも、それ以外のデータベースにも、彼女は登録されていなかった。

それから、目撃証言や法医学の分析結果などの捜査資料が消えた。

そして今度は――市警察のアーカイブ・コンピューターのデータまで。

何者かが捜査そのものを隠蔽しようとしている。警察内の人物が。

警部は立ち上がろうとしたが、よろめいて転びそうになった。

何が起きているのか？　明らかについ最近まであったものが、なぜ見つからないのか？

どうすれば誰かの存在をいきなり抹殺できるのか？

　捜すべき場所は、あと一ヵ所だけ。

　いますぐ行けば——まだ間に合うかもしれない。今日は木曜だ。いつもジェニーが北墓地を訪れるはずの曜日。顔を合わせるつもりはなかったが、もう一度連絡を取る方法はそれしかない。二度と会いたくないと、はっきり言われたが、グレーンスにとっては珍しいことではなかった。初めて会った、あのベンチで、小児性愛サークルのメンバー間のやりとりで偶然見つけた画像を見てもらうつもりだった。運がよければ、ジェニーは自分の娘だと認めるだろう。あるいはグレーンスの姿を見るなり、帰ってしまう可能性も否めない。最後に会ったのはリニーヤの空の棺が埋められた日で、あのとき、彼が葬儀に参列した本当の理由を知られてしまった。だが、たとえ彼女が逃げたとしても、追いかけて説得するしかない。アルヴァのために——アルヴァ、妖精のような響きの名前。彼女の墓も、見つからないもののひとつだった。真昼間に、何度となく捜したにもかかわらず。

＊

　その日はずっと、その場所に座っていた。ランタンや石碑が並んだ砂利道の脇にある、がたがたするベンチに。封筒に入った写真をポケットに突っこんだまま、開けることなく。彼女は来なかった。ほかの人々の姿はあった。墓参りに来て、草花を植え直して花瓶の切り花を交換し、少し掃除して、少し水をやり、もはや返事をくれない人に少し話しかける人たち。だが、ジェニーは来なかった。顔を思い出そうとすると、またしてもすっかり特徴を失って消えていく。おそらく、彼が待っているかもしれないと思って来なかったのだろう。

*

重いドアを開けて警察本部、そして殺人捜査課に戻ったころには、すっかり遅くなり、フロアは閑散としていた。一カ所を除いて。エレベーターに近いエリーサ・クエスタのオフィスのドアがわずかに開いていて、電気スタンドの光とパソコンのキーボードを叩く音が漏れていた。

エーヴェルト・グレーンスは、ためらいつつもドアを押し開けた。

「入ってもいいか？」

エリーサ・クエスタ警部補は、部屋の片隅で膝にパソコンを置いて、スツールのような椅子に腰かけていた。実際、それはスツールだった。このスペースに押しこむことができるのは、せいぜいそれくらいだろう。それに、あいかわらず荷解きをしていない箱に囲まれたデスクに比べて、容易にたどり着くことができる。

「何も変わってないようだな。前もジグザグに進まなければならなかった。俺が座ってた箱もそのままだ」

グレーンスは、前回訪ねてきたときのことを覚えていた。全世界が揺れているような、あの感覚も。それでも段ボール箱に腰を下ろすと、今度はいくらか安定しているように感じた。

だが、どう話を切り出していいかわからなかった。

「その、なんと言うか……訊きたいことがある。いささか変に思うかもしれないが」

「何かしら?」

「前回ここに来たとき、俺たちが……」

「グレーンス——わかってるわ。わたしがばかだった。あなたがどんな状態だか知っていたのに。オフィスのドアをノックすべきじゃなかったんだわ。わたしたちはみんなそうだけど、デスクはとても捜査が追いつかないほど多くの事件の資料で埋もれている。だけど、あの子の死亡が宣告されるまで一カ月しかなかった。そのまま放っておくわけにはいかなくて、あなたなら、もう一度確かめてくれるかもしれないと思ったの」

「悪いが、なんのことだか……」

「だから、もちろん、あなたがわたしの言ったことをこれっぽっちも信じていないと思っていた。それでも、あなたは解決したわ。無理やり取らされた法定休暇で……リニーヤは救出された。あの子は生きていた。いったいどうやったのかは見当もつかないけれど、とにかく心から感謝している。あなたには想像もできないほど、ほっとしているわ」

「〝俺がどんな状態だか知っていた〟？」

「ええ」

「なんの話だ？」

「あのとき言わなかったかしら。あなたは動揺しているようだった。ちょっぴりきつい言い方だけど、〝頭が混乱している〟とも言ったはずよ。そういう印象を受けたの。だからウィルソンのところへ行って、少し休暇を取るよう勧めたのよ。しばらく休むように。そうしたら、あなたは一カ月後にまたここに来て、まったく別の少女の話をした。白い十字架の下に棺《ひつぎ》が埋められていて、わたしたちが捜査をしたはずだという……なんとなくおかしかった。あなたはおかしかった。だけど、わたしの勘違いでよかったわ。それで、やっとウィルソンに休暇を取らされて、事件を解決する時間ができたというわけ」

「〝一カ月しかなかった〟？」

「ええ」

「〝またここに来た〟？」

「ええ」

「しかも〝まったく別の少女〟だと？」

「ええ」

「それは……いったい……何かの勘違いじゃないのか？　何を言ってるのか、さっぱりわからない。頭が混乱してるのは、むしろあんたのほうだと思うが」

「あなたがここを訪ねてきたのは、たしかリニーヤの死亡が宣告される日の前日だったわ。同じく四歳で失踪したという、もうひとりの少女のことで。だけど、わたしにはなんのことだか理解できなかった」

眩暈。しばらく治まっていたが、今朝になってふたたび起こり、いまもまた襲いかかってきた。猛烈な勢いで。

「その子は駐車場で車から連れ去られたんだ——あのときも言ったが。それで——」

「グレーンス、わたしがこの仕事を始めて以来、駐車場で発生した子どもの誘拐事件は一度も捜査したことがないわ。それに、わたしたちは別の少女の話なんかしなかった。リニーヤのことだけ。彼女が姿を消したこと。あなたがやっと引き受けてくれて、とても感謝していわ」

倒れずに箱のあいだをジグザクに進むのは、一方の手を壁に当て、もう一方の手で本棚につかまっていても困難を極めた。

＊

どうやって墓地に戻ったのかも覚えていなかった。あるいは、ぼんやりとしたランタンの明かりのなか、アンニの眠る墓と、かつて我《ミン・リッラ・フリッカ》が娘がいたはずの場所のあいだを何度、行ったり来たりしたのかも。眩暈と支離滅裂な夢がよみがえり、何もかもがもつれ合っていた。コペンハーゲンでは、アドレナリンと鋭さと活力に姿を変えていたもの。夜が更けたころ、グレーンスはベンチに腰を下ろし、夜明けが訪れて鳥が目を覚ましてから、ようやく立ち上がった。そして、ふたたび歩きはじめた。行ったり来たり。やがて、リニーヤの墓だった場所へ行ってみることにした。埋められている棺は、じきに掘り出されるだろう。もう彼女がそこに入る必要はないのだから。運よく、リニーヤの墓は、あるはずの場所にあった。ジェニーと一緒に棺の蓋に花を落としたのは、ここだった。そして、向こうの丸天井の教会で参列者に交じって一緒に座った。

それは確かなはずだった。

だからいま、その場所へ向かっているのかもしれない。少しでも震えを止めて、バランスを取り戻すために。

そして教会の入口で、あのとき葬儀を執り行なった司祭にばったり出くわして、思いがけずうれしさがこみ上げたのは、それが理由だったにちがいない。

「おはようございます」

「おはようございます——何かご用ですか？　それとも、少し見てまわりますか？　今日一日に備えて静かに過ごされますか？」

「ありがとうございます。ちょっと見せてほしいんですが」

「北礼拝堂へようこそ。何か訊きたいことがあれば、わたしはしばらくここにいますので」

ふたりは美しい教会の中で、それぞれ別のほうへ歩き出した。すると、ふいに司祭が振り返った。その声は教会の内部に反響して、やや大きく聞こえた。

「そういえば……以前、お会いしましたね」

「少し前に、ここで葬儀に参列したんです。でも、あのときはほとんど——」

「あなたは後ろの席に座っていた。他の参列者からは離れて。そこにいない人を、中に誰も入っていない棺を埋めるのはめったにないことなので、記憶に残ります」

グレーンスはうなずいた。まったくそのとおりだった。そして、彼は司祭の言った静けさを求めて、ふたたび歩き出した。

「すみません……」

今度は、グレーンスが振り向いて声をかける番だった。そして彼の声は、ベンチの列のあいだに跳ね返った。

「……わたしも訊きたいことがあります」

「なんですか？」

司祭は少し近づいてきて、聞いていることを示した。

「さっき、わたしは後ろの席に座っていたとおっしゃいましたね。他の参列者から離れて。誰からも離れて」

「ええ、覚えています。あなただけでした。皆さんから離れていたのは」

「わたしと女性です。同い年くらいで、短い黒髪の」

「いいえ、あなたはひとりでした。そして、何度も言うようですが、離れていた。だから、あなたに気づいたのです」

「どういうことだ」

グレーンスは硬い信者席のひとつに座りこんだ。

「前のほうの席は埋まっていた。そして、あそこの石板の上に棺が置かれていた。周囲にはロウソクがたくさんあって。そうですよね?」

「ええ」

「それで、いまはもうないが、あのとき少し視界を遮るように置かれていた小さな展示物の後ろ、そこにわたしが座っていたと?」

「そうです」

「ひとりで?」

「あなただけです」

話が終わったと気づくと、司祭は立ち去り、エーヴェルト・グレーンスは木製の信者席に横になって、色鮮やかな美しい天井を眺めた。床に倒れないためには、こうするしかなかった。そうやって一時間、ことによると二時間、横たわっていた。ようやく目を閉じる勇気が出るまで。少しだけ。それから、理解するためにもう一度だけ電話をかける勇気も。

「エーヴェルトさん?」

ソフィア。

すぐに電話に出た。

「ああ。じつは、ちょっと手を貸してほしいんだ」

「急ぎですか？　あとでかけ直しても？　お話ししたいのは山々なんです。いろんなことを。ピートもやっと帰ってきたし。だけど、もうじき授業が始まるところで、もう生徒たちが入ってきてるんです」

グレーンスは目を閉じたままだった。転ばずに。

「少しばかり急ぎだ……たぶん。すぐに切る。覚えてるか……あんたが墓地で見せてくれた写真を？　葬儀ではなかった葬儀の。リニーヤの空の棺」

「覚えてますけど」

「あれはどこの記事だった？」

「たしか……ちょっと待ってください。たぶん保存してあります」

背後のざわめき。椅子が引き出されて床にこすれる音。教室に入ってくる生徒たち。

「ありました。それで、何が知りたいんですか？」

「エリック・ウィルソンによると、そこに俺が写ってるそうだ」

「ほんとに？」

「ああ、そうらしい。そのせいで俺は……わかったか？」

ソフィアがしーっと言うと、ざわめきが静まる。

「いま探してます……左から順に。黒い服を着た人が大勢いて……ああ、いました。たしかに。ウィルソンさんの言うとおり。あなたが写ってます。ほかの人たちから少し離れたところに」

「俺と一緒に誰がいる？」

「一緒に？」

「ああ。なんなら――」

「エーヴェルトさん、申し訳ないんですけど、もう切らないと。だけどリンクを送るので、ご自分の目で確かめてください」

すぐに携帯電話の通知音が鳴った。自分で撮らせた写真。ウィルソンと同様に、あの晩、墓地でソフィアが話していたが、彼自身はよく見たことがなかった写真。それをいま、じっくりと眺める。探す。ソフィアと同じように、左から右端まで。

いた。たぶんこれが俺だ。

エーヴェルト・グレーンスは電話に顔を近づけると、喪服の参列者が写った新聞記事の写真を二本の指で広げて拡大し、さらにもう少し拡大した。

そこに彼が立っていた。

他の参列者から離れて。

ひとりで。

＊

彼は走った。あのベンチへ。アニーの墓の。いままでずっと、墓参りに来るたびに座っていたベンチ。

あれは実在するはずだ。

額をゆっくりと伝い落ちる汗は、着いたころには滝のように背中を流れていた。ベンチはそこにあった。そして、いつもとまったく同じ場所に腰を下ろすと、がたがたする箇所も、ペンキが剝げ落ちている箇所も記憶どおりだった。初めて会ったときにジェニー——アンニを思い出させる女性——が座ったのが、このベンチだった。ちょうど目を閉じて心を落ち着けようとしたときに、世界全体が揺れた。だが実際には、ずっと自分の場所だと思っていたところに、他の人が座っただけだった。

眩暈。

本当に、耐え難いほど頭がくらくらする。

リニーヤの葬儀では……誰も一緒ではなかったのか？　そのあと、ひとりでリニーヤの父親と言い争ったのか？

だとしたら——このベンチにもひとりで座っていたのか？　誰とも隣り合わずに？　ひとりきりで会話をしていたのか？

彼女は存在しないのか？

アニーを思い出させるジェニーという女性など、どこにもいないのか？

我が娘《ミン・リッラ・フリッカ》の墓もないのか？

記録保管室に捜査資料がないのと同じように？

エリーサ・クエスタを訪ねたのは、翌日に迫ったリニーヤの死亡宣言について話すために、彼女のほうから訪ねてきたあとのことだったように？　行方不明の少女の捜索に協力してほしいとクエスタに頼まれたことで、心の中で、自分がまったく知らない別の少女への思いが目覚めたのか？

エーヴェルト・グレーンスは、昔から泣くことができなかった。子どものころに数えるほど泣いただけだ。けれどもいま、彼は泣いていた。ためらいがちに、はっきりとはわからずに。だが、すぐに内側から自分を引き裂くほどの怒濤のような勢いで。同じくめったに泣かないホフマンから聞いたことを思い出した——カリフォルニアのトイレに座り、すでに流れ出すことが決まっている涙を必死にこらえようとしていたと。まさにいま、そんな心境だった。長いあいだ内に秘めていたものが、初めからあふれ出すと決まっていたかのように。

アルヴァという名の少女に関する捜査は……自分の頭の中だけで行なわれていたのだろうか？

すべては……想像の産物だったのか？

それと並行して、第二の捜査——現実に行なわれ、クエスタによれば実際の出発点——によって、リニーヤという名の現実の少女と、壊滅に追いこまれた現実の小児性愛サークルと、解放された現実の子どもたちへと導かれたのか？

グレーンスは白い十字架を見つめたが、止まろうとしない涙のせいでぼんやりとしか見えなかった。

俺が目の前に立っていた墓は？　誰も埋葬されていないにもかかわらず、ジェニーが訪れていた墓。わずか数列向こうにあるはずなのに、行き着くことのできない墓。

我が娘《ミシ・リッラ・フリッカ》は？

あれは……俺の娘のことだったのか？

車から引きずり出されて姿を消したのは、アンニには話さなかった俺の娘だったのか。

アンニの葬儀と同じく、俺は自分の娘の葬儀に参列しなかったのか。

向こうの記念樹のそばのどこかに横たわっている、俺の娘。

一カ月後

仕事に復帰してしばらくのあいだ、エーヴェルト・グレーンスは上司のオフィスに近づかなかった——コーヒーの自動販売機へ行くときにも回り道をし、出入りには裏階段を利用した。ところがある日の朝早く、自分のコーデュロイのソファーにエリック・ウィルソンが落ち着かない様子で座って待っていた。不意打ち。だが、休むことを命じられた殺人捜査課の警部が、実際にはどんな休暇を過ごしていたかについて、遅かれ早かれ話し合わなければならないのはわかっていた。というのも、国際的な小児性愛サークル摘発のニュースは、スウェーデンのメディアだけでなく、ヨーロッパ各国およびアメリカの主要紙やテレビニュースで報道され、グレーンスが表沙汰にはしたくないと望んでいたことは、もはや無視できない状況になりつつあったからだ。そういうわけで、その朝グレーンスは、墓地から始まり、ホフマン家のキッチンを経由して、コペンハーゲン、さらにはサンフランシスコにまで行き着いた非公認の捜査の過程を残らず報告することにしぶしぶ同意した。それに対してウィルソンは、役人的手腕を余すところなく発揮し、成功裡に終わった今回の国際協力において、市警察の関与は最初から上層部によって指示されていたことであり、それを証明する書類があると主張した。

それが三週間ほど前のことだった。

ビエテから受け取った書類――さまざまなチャットルームでの小児性愛サークルのメンバー間の会話を記録したもの――は依然としてデスクに山積みで、場所を占領していた。他の捜査中の事件に没頭しているときも、しきりにささやきかけてはちょっかいを出し、眠ろうとすると大きな雑音を立てた。

言うまでもなく処分すべきだった。

記録保管室へ運ぶ。あるいはシュレッダーにかける。あるいはデンマーク国家警察に送り返し、自分たちの書類の処遇を決めさせる。

いまからでも、そうすべきだろう。箱に詰めて、送る。未完の捜査のことは忘れる。空の棺が埋められた少女も、名前のない少女も、もう捜す必要はないが、解き明かされていない謎が残っているせいで捜査は終わっていない。捕まらなかった唯一のメンバー。リーダーのオニキスと同じくホッピングされたIPアドレスの陰に潜む、〝レッドキャット〟と名乗る人物。

もし……そうだ……ひょっとしたら？

すべてをファイルボックスに詰めて、あの果てしなく続くキャビネットに押しこむ前に。

あと一度だけ。

まだ調べていないことを調べる。まだ考えていないことを考える。

それができるのは、いまや自分だけだ。

ビエテは、しばらく前から他の重大犯罪の捜査でデンマークじゅうを飛びまわっている。折に触れて連絡があり、近況を訊かれるものの、適度なバランスの答えを見つけるのは難しく、結局、いつも返信しそびれていた。ビリーの手を煩わせるのも気が引けた――ホフマンの件と同様に、エーヴェルト・グレーンスという名の警部は、警察官以外の手を借りて事件を解決したがるということは、できるだけ内密にしておきたい。そう考えると、自分で行動するほかはなかった。しかも、彼の手法はデジタルの世界からは程遠い。アナログ。それが彼の世界だ。ある夏の暑い日、一方の手に昔ながらの簡素なルーペ、もう一方の手には小さな修正液の瓶を持って、きわめて現代的な犯罪者に関するこの国際的な捜査を始めた――そしてクリスマスの前の週に、電気スタンドの光で小児性愛者ネットワークの膨大なチャットのハードコピーを読んで締めくくろうとしている。
二千四百十四枚。
ビエテが苦労して発見したサークルのメンバー間の一年にわたる会話。彼らはただひとつの目的でつながっている。子どもに猥褻な行為をすること。

03-08-2019 04:09:36 Message from 87318765: 娘は明日で十一歳
03-08-2019 04:10:10 Message from 434876234: 知ってる。残念。早すぎる。だが、とにかくおめでとう！　超セクシーで特別なプレゼントを送ったよ
03-08-2019 04:11:04 Message from 87318765: 待ちきれない！

ところが、最後になるはずのことが、どういうわけか最初のようにも感じられた。ビエテと同じく、グレーンスも主要部分には何度か目を通したが、起訴が決定すれば不要となる余分な資料は一度も見ていなかった。しかも、すでに読んだわずかな部分については、本当に頭に入ったとは言い難かった。単語や文を形作る文字を機械的に目で追っただけにすぎず、その意味は理解できていなかったのだ。だが、いまは理解しようと努めた。アドレスの数字をさまざまな角度から眺め、以前は疑問に思っていなかった文章に対して別の

解釈を探し、延々と繰り返されるメッセージにパターンを見出そうとした。ビエテが右上に〝レッドキャット?〟と記したページを中心にチェックした。いま手にしているのも、その一枚だ――レッドキャットと名乗る人物が、仲間の娘の十一歳の誕生日を祝い、特別なプレゼントを送った。

03-08-2019 04:11:43 Message from 434876234: かならず娘の写真を撮って送ってくれ。これが子ども時代の見納めかもしれない

読むたびに、エーヴェルト・グレーンスは身を震わせた。

いまだに自分がひどく動揺していることを思い知らされた。

ビエテのように慣れることなど、到底できない。

夕食は廊下の自動販売機で調達した。ビニールに包まれたサンドイッチと、ビニールに包まれたチョコボール。ウィルソンから隠れずにすむと思うと気が楽だった。たくさんあるカセットテープの一本を古いカセットデッキに入れ、六〇年代の歌を流して心を落ち着かせ、電話をオフにして、ドアを閉める。

そしてページをめくりはじめた。

＊

最初に引っかかったのは、言葉の使い方だった。警部自身の英語力も年々衰えているものの、レッドキャットと他のメンバーのやりとりを読み進めるうちに、最後に残った匿名のメンバーは特定の表現やフレーズに苦労しているのがわかった。つまり、英語はこの人物の母国語ではないということだ。イギリス、アメリカ、オーストラリア、その他の英連邦の国は除外できそうだった。

次に注目したのはタイムスタンプだ。レッドキャットがヨーロッパ人とやりとりする際は、決まって日中か夜の早い時間だった。アメリカ人との会話のように、深夜になることはない。レッドキャットはヨーロッパの時間帯で暮らしているにちがいない。理論上はアフリカの可能性もあるが、小児性愛サークルのメンバーの構成から見れば、ヨーロッパのどこかと考えるのが妥当だろう。

だが、出身国について大きな進展があったのは、新鮮な空気と新たな力を求めてサンクトエリクス通りにある深夜営業のカフェに移動し、美しいカップを手に、シナモンロールが二個のった皿をかたわらに置いて作業を続けているときだった。最後のひとり、いまだ身元が明らかになっていないメンバーに、さらに一歩近づいた。具体的には、レッドキャットとラッシーのやりとりを調べているときだった。未読の余分な資料の最後のほうで、ラッシーことカール・ハンセンのメッセージが、とつぜん英語から母国語に切り替わっていた。デンマーク語に。それに対して、レッドキャットはスウェーデン語で答えていたのだ。

ＩＰアドレスをホッピングさせていたメンバー、時間の関係で優先順位を下げざるをえず、ビエテが調べきれなかった人物は、この国に住んでいた。

＊

通常のコピー用紙の重さは、一枚につき五グラムほどだ。二千四百十四枚は十二キログラムになる。その束をエーヴェルト・グレーンスは持ち上げては下ろし、何度もめくり直し、ケーキ皿の上、自分のテーブル、客のいないカフェの空いたスペースというスペースに広げていた。深夜勤務の若いウエイトレスは何も言わず、心なしかほほ笑みながら通り過ぎたときに、一瞬だけ目が合った。

おまえも——スウェーデン人なのか？

どこにいるんだ？
誰なんだ？
いまもパソコンの画面の前で、予想もしなかったほど近くで、顔のない小児性愛者として生活しているのか？

探し求めていた答え、さらなる前進に必要な手がかりは、〝レッドキャット？〟と記されたページにはなかった。だが、パン屋の上のアパートメントで押収したパソコンから、ビエテが初日に取り出したチャットの記録――ページの隅には〝ラッシー〟――を目にした瞬間、最近ふたたび苦しめられていた眩暈が全力で襲いかかってきた。もっとも、現実と非現実の混乱から生じたのではない。その眩暈の原因は驚き、さらには動揺だった。それと同時に、まったく予想外のことが明らかになったときの張りつめた、熱のこもった息苦しさも伴っていた。なぜなら、デンマーク人の小児性愛者が送受信した不愉快なチャットの記録を五十件近く熟読したとき、目の前に答えがあったからだ。ラッシーとレッドキャットが提案された旅行、対面について短いやりとりをしている際に、またしてもメッセージがデンマーク語とスウェーデン語に切り替わっていた。

まずはレッドキャットがスウェーデン語で――

08-11-2019 12:14:22 Message from 434876234: やっと会えるな。楽しみだ。美しいカトリーナも、もちろん！ 日曜の朝早く、定刻にカストルプ空港に到着予定

するとラッシーがデンマーク語で――

08-11-2019 12:16:21 Message from 238437691: すまない、都合が悪くなった。その日は家にいない。海外旅行中

その後もスウェーデン語、デンマーク語、スウェーデン語、デンマーク語――

08-11-2019 12:17:30 Message from 434876234: どういうことだ？
08-11-2019 12:18:35 Message from 238437691: 手違いだ。前からブリュッセルへ行く予定だった
08-11-2019 12:18:57 Message from 434876234: 約束したはずだ。切符も買ってある。飛行機も列車も。ＳＡＳにもオンラインでチェックイン済だ。もう払い戻しはできない
08-11-2019 12:19:41 Message from 238437691: とにかく別の日にしてくれ。お詫びにカ

トリーナの写真を追加で送る。驚くようなヤツだ

〝日、曜、の、朝、早く〟

依然として本名のわからないレッドキャットは、そう書いている。

〝ブ、リュ、ッ、セ、ル、へ〟

これはラッシーことカール・ハンセンだ。

いつの日曜を指しているのか、エーヴェルト・グレーンスにはピンときた。

警察の強制捜査の翌朝。グレーンスとデンマークの同僚が、見知らぬ相手と最後まで性交をする旅行のために荷造りを終えたところへ踏みこんだ翌日。

警部は紙の山に埋もれたコーヒーカップを掘り当てた。

すでに追いこんだも同然だ。

切符が購入され、支払いも済んでいる。〝レッドキャット〟と〝ラッシー〟の対面は直前にキャンセルされた。

日付はわかっている。

航空会社と目的地もわかっている。

小児性愛サークルの最後のメンバーを特定するには、少しばかりの幸運と、日曜の午前

中にスウェーデンを出発し、コペンハーゲンのカストルプ空港に到着する全便の乗客名簿があれば十分だった。

＊

熱と驚きとともに襲いかかってくる新しいタイプの眩暈は、地理にも関連しているようだった。国籍。唯一捜しているスウェーデン人が虐待の被害者だったときには、虐待のイメージを寄せつけないほうが簡単だった。彼らが虐待される側で、虐待する側ではないときには。われわれがレイピストになると、彼のバランスは維持するのがきわめて困難になった。

＊

夜が明ける直前、客の数が急に増え、黒ずくめでアイシャドウの濃い大勢の若者のグループが、しらふとは程遠い声をあげながら、カフェをダンスフロアに変えた。グレーンスは、すんでのところで太いヒールの硬い靴底から資料の紙を救い出した。いずれにしても、やるべきことは終えて出発するところだった。ストックホルムの北に位置するフロスンダヴィークへ向かうタクシーは、すでにサンクトエリクス通りで待っていた。

＊

ハーガ公園の北にあるスカンジナビア航空《SAS》の本社に着くと、時間を遡ったような錯覚にとらわれた——歩行者専用の長い通りやガラス張りの建物は、佇まいもデザインも八〇年代のスウェーデンを思い出させる。グレーンスがさまざまな可能性を秘めた生気あふれる若者だったころ、この建物は永遠の成長、独占、自負心の象徴だった。当時は、犯罪を助長するインターネットという発明と小児性愛という犯罪グループが手を組む日が来ることになろうとは、誰ひとり——若い警察官も、この高級ラウンジにいる人々も——想像しなかっただろう。それが、小児性愛サークルという犯罪ネットワークによって管理された最もおぞましい種類の犯罪だとも。グレーンスは閉まった入口の外で早朝の数時間を潰してから、同じくらいの時間、犯罪捜査を行なっている警部に乗客名簿を見せてもよいのかどうか判断がつかず、このガラスの建物内の他部署に互いに押しつけ合う何人もの中間管理職によってたらい回しにされたあげく、やっとのことで話のわかる女性の役職者にたどり着いた。グレーンスが事情を説明すると、彼女は次第に動揺し、やがてあの秋の日曜の乗客名簿をすべて彼に渡した。そして、グレーンスの好みどおりの濃いコーヒーを運んでくると、空いているデスクに案内し、ほかにも協力できることがあれば、なんでも申しつけてほしいと告げた。

あの日曜――十一月十日の父の日――の早朝には、スウェーデンからコペンハーゲンに向けてSASの四便が飛んでいた。出発地はストックホルム・アーランダ空港とイェーテボリ・ランドヴェッテル空港。実際には二便のみで、どちらも午前六時過ぎに出発して、約一時間後に目的地に到着する直行便だったが、念のため、同じく午前中に出発した数時間後の二便も確認することにした。〝早朝〟の定義は人によって異なるからだ。

グレーンスは四便分の乗客名簿を目の前のテーブルに置いた。

まずは左側の、可能性の高い夜明けの便から取りかかる。一行ずつゆっくりと目を通し、乗客名をひとりずつ確かめていく。なんらかのつながりや関連を求めて、記憶を呼び起こそうとする。

だめだ。

二便とも乗客数は定員の半分ほどだったが、どちらの名簿にも目を引く名前はなかった。

数時間後にイェーテボリを出発し、デンマークに十時半に到着した便も同じだった。こちらのほうは、さらに空席が目立ったが、予約者のなかに少しでも見覚えのある名前は見当たらなかった。

残るはアーランダ空港発の次の便だけだ。十時数分前に出発して、十一時過ぎにカストルプ空港に到着。ほぼ満席だ。二百二十三名の乗客者名簿。

グレーンスは少し身体をひねって首をほぐし、その昔、理学療法士に教わったとおり頭上で手を叩いてみたが、あまり効果はなかった。椅子は、レアダルの小さな警察署でビエテの後ろに座っていたときのものと同じくらい座り心地がよくない。いろいろ付いているレバーを操作して高さを調節したり、角度を変えてみたり、浅く腰かけたり深く座ったり、身体を横に傾けたりもしたが、背中がこすれ、お尻が痛み、太腿が疼いた。このデスクで毎日仕事をしている人物に同情せずにはいられなかった。

前から順に見ていく。一列目の座席A、B、C、D、E、F——すべて足元が広い席だ。それから、今度は一席ずつ逆に見直す。ずいぶん時間がかかったのは、おそらくそのせいだった。

二十二列目の座席F、右側の窓ぎわの席にたどり着くまで。

ついに見覚えのある名前を見つけるまで。

*

「教えてほしいんだが、飛行機を予約したのに乗らないってことはあるのか？」

エーヴェルト・グレーンスは親切で協力的な女性管理職の言葉に甘え、協力が必要になると、すぐに申し出た。

「空席ですか？　支払いが完了しているのに、搭乗しなかったお客さまがいるか、ということでしょうか？」

「そうだ」

「ほぼ毎回、いらっしゃいます。確認しますので、少々お待ちください」

またしても、あのタイピング。近ごろでは世界じゅうが拠りどころとしているようだ。

「三名ですね。搭乗せずに航空券を無駄にしたのは。三名とも最安値で予約したので、払い戻しは受けられませんでした」

「二十二列目のFは？」

彼女はふたたびパソコンの画面に向き直った。

「ええ、三名のうちのひとりです。約二十四時間前にチェックインして、座席を選択しています」

「でも、誰も座らなかった？」

「はい」

グレーンスはデスクに戻って書類を集めた。いまや今後の裁判のための証拠となったものだ。

国際手配中の小児性愛者〝レッドキャット〟が搭乗予定だった出発便。そこに記された名前を見て、警部がかつてないほどに震えた乗客名簿。

「以上ですか？　もういいんですか？」

彼女の声ははっきり聞こえた。すでに歩き出していたグレーンスの背後で叫んでいるが、けっして金切り声ではなかった。

「住所も必要ですか？　ほかには？」

「乗らなかった乗客がどこに住んでいるかは知ってる」

＊

クロノベリの警察本部に戻ると、今度はためらわずにエリック・ウィルソンのドア、エリーサ・クエスタのドア、スヴェン・スンドクヴィストのドアをノックし、三人を連れて殺人捜査課の長い廊下を進んで、コーデュロイのソファーに座るよう促した。ようやく眩暈を感じないで歩けるようになった。頭も混乱せず、職場で孤立していると感じることもなかった。そして、中身のない棺の後日談である書類のコピーを配る際には、逮捕の計画を実行に移すために、少なくともパトロールカー二台に応援を頼んでいる理由を長々と説明する必要もなかった。同僚たちは皆、ひとつの身体で複数の人生を生きている者――世間に対しては、巧妙にひとつの顔しか見せない二重人格者――を扱った経験があり、その演技を見抜かれてすべてが終わったとたん、そうした内なる自己が予想外の行動に出ることを熟知していた。

＊

おもちゃはすっかり衣替えをし、いまは小さな長方形のそり、さまざまなサイズのスキー板、かつてのスケートボードと同じくひっくり返った真っ赤なスノーレーサーが散らばっていたが、グレーンスはその合間から顔をのぞかせる石畳の道を通って玄関へと向かった。林檎の木は美しい雪化粧をまとい、以前はハンモックが揺れていた場所では、光瞬くクリスマスツリーが雪だるまの一部を照らし出していた。

あらゆる季節の庭を目にするのも、そう遠いことではないかもしれない。

これまでの二回の訪問と同じように、彼は玄関のドアの丸窓をノックして呼び鈴も鳴らし、駆けてくる足音の主がドアを開けるのを待った。

*

最初は誰も出てこなかった。思ったとおり。リニーヤもヤーコプも。年上のふたりが真っ先に出てきてもおかしくなかったが、まだ帰宅していない——リニーヤは、長期間の欠席にもかかわらず、回復のためには学校生活が重要だと判断され、自治体の大きな支援のおかげで少しずつクラスメイトに追いつきつつあった。リニーヤとヤーコプは同じクラスだったので、今日の午後は急遽、校外学習を延長してもらうようグレーンスが担任に頼んでおいた。下のきょうだい——マティルダとウィリアム——も、警部から就学前学校《プレスクール》の職員への要請の結果、リュックに荷物を詰め、普段よりも少し遅めの午後のピクニックに出かけている。

＊

そういうわけで、今回はドアが開くまでに時間がかかった。

母親が驚いて顔をのぞかせた。

「警部さん？」

「ああ」

「どうしたんですか？」

「話があって来た」

「お互いに誤解は解けたはずですよね？　本当に申し訳ないと思っています、グレーンス警部、最初のときには家から追い出して、墓地では冷たい態度をとってしまって。それに、わたしたちの愛する娘を連れてきてくださったときには、頭が真っ白になってしまって、きちんとお礼も言えませんでした――でも、あなたはわたしの目をまっすぐ見て、わたしたち家族は穏やかに暮らせると約束した。わたしたちには、それが必要なんです。これ以上、警察の人にあれこれ訊かれたりすることじゃなくて」

「俺が間違っていた。というより、完全に理解していなかった。少なくとも、もうひとつ問題がある。だから中に入れてもらえないか。でないと、俺は友人に助けを求めることになる——向こうに見えるだろう？　もう一台、裏にも待機している」

　静かな住宅街の通りの突き当たりが見えるように、グレーンスは少し脇に寄った。そこにはパトロールカーが駐まっていた。

「どういうことですか？」

「本当に、これが最後だ。頼むからそこをどいてくれ。中で話がしたい。キッチンのテーブルで。あんたの言うとおりだ。子どもたちは、もう十分すぎるほど警察官に話を聞かれた。だからこそ、みんなが帰ってくる前に片づけてしまいたい」

　リニーヤとヤーコプとマティルダとウィリアムの父親も、警部が前回訪れた際のすばらしい仕事ぶりに感謝しつつ、またしても訪ねてきたことに驚きを隠さなかった。父親は少しパサパサになったパンを温かいコーヒーに浸し、口の中で溶かしてから、最初に妻を、そしてキッチンテーブルの向かい側に座っているグレーンスを見た。警部も同じように パンをコーヒーに浸しながら、テーブルクロスを汚さないように細心の注意を払っていた。

「前回会ったときには、ずいぶんきついことを言いました。お互いに、葬儀の場ではふさわしくないことを口にして。でも、嫌がらせを受けたように感じたんです。警部さんがわれわれの話を聞いていなかったように。いま、こうしてここまで来られて、わたしたちが……そう、わたしたち家族が新たなステージに慣れるのを邪魔されていると、残念ながらあのときと同じように思ってしまいます。あなたがまたしても嫌がらせをしているんじゃないかと」

エーヴェルト・グレーンスは乾いたパンに苦戦を強いられていた。どんなふうにコーヒーカップに沈めても、引き上げたときにテーブルに茶色っぽい滴が垂れてしまう。結局、湿ったナプキンを三枚、くしゃくしゃに丸めたところで断念した。コーヒーはいつものように飲むに限る。

「だったら、さっそく本題に入ろう。時間を無駄にせずに。今日来たのは、この件に関してだ」

前と同じく、猫が水のボウルのところで鳴き声をあげるあいだに――縞模様は灰色ではなく赤っぽいことに気づいたのも前回だった――グレーンスはパンのかごと自分のカップをどけて、最初の書類を置くスペースを空けた。

そして、しばらく両親をじっと見つめた。

「父の日の祝い方は人それぞれだ」

今度は父親だけに向き直る。

「今年、あんたはその特別な日曜をデンマークで過ごす予定だった。十一月の初旬に。飛行機のチケットまで予約して、支払いも済ませた。アーランダ発、午前十時少し前で、十一時過ぎにカストルプに到着の便。二十二列目の座席F。右側の窓ぎわの席」

＊

エーヴェルト・グレーンスは銃を持ち歩くのが好きではなかった。警察官としての四十年間で、実際に発砲したのは数えるほどだ。それに正直なところ、射撃は得意ではない。だが、その日の午後は使い古しの革製ホルスターを注意深く装着し、上着の下で十字架のように身に着けていた。自分でもはっきりとした理由はわからなかったが、小児性愛の容疑者であるレッドキャットには単独で会いたかった。ごく単純な理由かもしれない。彼自身も、ごく単純な人間だからかもしれない。そもそも、すべてが始まったときに同僚が一緒でなかったのなら、幕を閉じる際にも近づけないほうがいいような気がした。そしてまさにその瞬間、最初の証拠が紙の形でふたりのあいだに置かれたとき、リニーヤの父親は警部の訪問の真の目的に気づいたのか、それまで世間にひとつの顔しか見せていなかった二重人格が、もうひとつの顔をあらわにしはじめた。本物の顔。異常な顔。暴力的な顔。とっくの昔に、およそ人間と呼ばれるものの定義を超えた顔。

＊

「父の日はデンマークにはいなかった。いつものように、ここにいて、愛する妻とすばらしい子どもたちがベッドまで朝食を運んでくれたんです。そうだろう、マリア？」

リニーヤの父親は、まだ書類には目を向けず、気づいているそぶりも見せなかった。したがって攻撃の気配もなかった。

「奥さんは答えなくていい。あんたがこれを見さえすれば」

グレーンスはもう一枚の紙を置いた。やはり飛行機の予約に関する書類だ。

「あんたは支払いを済ませた。チェックインもした。だが、どこへも行かなかった。それをこの紙が示している。だからベッドで朝食をとっても不思議ではない。航空券を使わなかったんだからな」

ようやく父親は目を向けた。

ようやくグレーンスがフェルトペンで囲んだ箇所を見た。

それでも無表情のままだった。演技だとすれば、たいしたものだ。

「理解できません、警部さん」

リニーヤの母親のマリアが書類を引き寄せ、小さな文字を読むために読書用眼鏡を手にした。

「どうしてヨーナスがデンマークへ行ったりするんですか？　なぜこっそり航空券を予約して、しかも使わないいんですか？　いったい何を――」

「これが最後の一枚だ。ふたりとも読むといい。一緒に」

やっと会えるな。楽しみだ。日曜の朝早く、定刻にカストルプ空港に到着予定

エーヴェルト・グレーンスが示したのは、レッドキャットと名乗る人物とラッシーと名乗る人物とのチャットの最初の数行だった。

美しいカトリーナも、もちろん！

それと同時にホルスターに手を伸ばし、ふたりに銃を見せた。

身構えた。

何が起きてもいいように。

＊

「ちっともわからないわ、ヨーナス。警部さんは何を言ってるの？　どうしてあなたがコペンハーゲンに行きたいの？　〝やっと会える〟って誰に？　〝美しいカトリーナ〟ってなんのこと？　あなたがこれを書いたの？　ヨーナス？　ヨーナス！　答えて！　いったい、なんなの……わたしを見て！　通りの突き当たりにパトカーがいる。もう一台も……あそこ、窓の向こう、裏にいるでしょ？　カトリーナって誰なの？　愛人？　だったらどうして警察がいるのよ？　わたしに何を隠してるの？　わたしが知らなくて警部さんが知ってることって何？　教えて、ヨーナス！」

＊

この世に正確に予測できることはない。
たとえ容疑者が二名だけ残った小児性愛サークルにおいても。
警察官としての長年のキャリアでエーヴェルト・グレーンスが学んだのは、犯罪者はひとりひとりまったく異なるということだ。専門家やジャーナリスト、一般人がどれだけ同じグループに分類しようとしても。犯罪パターンを識別して繰り返すことは可能だが、個々の犯罪者の行動や反応を完全に予測することは不可能だ。

したがって、最後から二番目のメンバーについてピート・ホフマンから聞いた説明——リーダーのオニキスが攻撃の手を緩めなかったこと、自宅で人を殺すつもりだったこと、あらゆる手を使って助かろうとしたこと——は、この最後のメンバーが、自由を失う直前に取った行動とはまったく異なった。

というのも、リニーヤの父親のヨーナスはキッチンのテーブルに座ったままだったからだ。この十年間ずっと、家族で食事をする際に座っていた定位置に。

身動きひとつしなかった。

大声でわめく妻に叩かれ、答えを迫られても。目の前で警部が手錠を取り出しても。

逃げる場所がなかったのかもしれない。

逃げたくなかったのかもしれない。

やっとたどり着いたとでもいうように——居場所を突き止められ、正体を暴かれた。もう隠れる必要はない。

*

グレーンスが応援として要請した二台のパトロールカーは出番がなかった。力ない二本の腕に手錠をかけ、子どもたちに見られずにレッドキャットと名乗る男を家から連れ出すまで、警部が望んだとおり、大騒ぎにはならずに済んだ。

そうはいうものの——。

リニーヤの父親がなぜ、閉鎖的な小児性愛サークルのバーター取引として娘を誘拐させたのか、車に向かいながらも、エーヴェルト・グレーンスには見当もつかなかった。これほど深く病んだ人間の頭の中で何が起きているのか、そもそもどうしたら理解できるというのか。今後、数週間かけて行なわれる事情聴取は、この壊れた男の支離滅裂な話の断片をつなぎ合わせることに終始するだろう。グレーンスも取調官も、小児性愛サークルのメンバー〝レッドキャット〟は、交換条件としてアメリカ人の子どもを好きにできる約束だったという結論に至るにちがいない。そして、この集団が作り出し、道徳も人間のルールも、もっぱら彼らが決定する歪んだ世界で父親が〝一時的な貸し出し〟と呼んでいたものは、綿密に仕組まれた誘拐と見なされるはずだった。スーパーマーケットの防犯カメラが誰のものだかわからない手を捉え、動揺した両親がしっかりと抱き合っていたのだから。

実際、誰よりも夫をよく知る少女の母親でさえ、警察と同様にそう信じた。だとしたら、この常軌を逸した男が同じ嗜好の仲間たちに対する一時的な貸し出しのつもりだったものは、時間が経つにつれて返却が困難になったのかもしれない。リニーヤが太平洋の向こうまで連れていかれると、おぞましい想像は目に見える現実となった。最初は病的な思考実験だったものが、視力も記憶力も考える力もある生身の少女になったのだ。家に帰れば、虐待者の正体を残らず暴くかもしれない交換留学生に。サークルのメンバーは、遅まきながらそのことに気づいたのだろう。

*

この郊外の住宅地に並び建つ同じような家の一軒を後にしたとき、エーヴェルト・グレーンスが感じていたのは、自分を支えると同時に地面に押し倒す寂しさのようなものだった。二度と戻ってくるつもりも、ここで他の季節を味わうつもりもなかった。

そして、一度は死亡が宣言された少女が、取り戻した人生の生き方を見つける手伝いができないことへの落胆。

さらには後ろめたさもあった。手伝わなくてもいい、引き返して、リニーヤと双子の兄ヤーコプの目をのぞきこまなくてもいいと考えて、胸を撫で下ろした自分に対して。

五カ月後

飛行機が着陸する際には、決まって強い不安を覚えた。この先も生きつづけるための条件をみずから決められず、会ったこともない、信頼できるかどうかもわからない人物に頼らなければならないのだ。だが、いまは何も感じなかった。機体が滑走路に接地してやや強く跳ね、ブレーキの音が普段よりも大きく長く響いても、エーヴェルト・グレーンスは落ち着き払って座っていた。その日の朝、彼が後にしたものが他のすべての不安を和らげるかのように——起きたかもしれないことを想像するのは、この数日間、アメリカの法廷で目にしたこと、現実に起きたことに比べてばかばかしく思えるかのように。

　我先にと手荷物をつかみ、人ごみをかき分けるようにして出口へと向かう乗客たちを尻目に、グレーンスはのろのろと歩いていた。ちっとも急いでいなかった。彼の向かう場所では、急ぐ者はいなかった。

＊

アメリカの裁判は、彼が長年、スウェーデン各地で参加してきたものとは異なった。同じ建物に三十七の法廷があり、それぞれに専属の裁判官がいる。十の独房を備えた護送車が到着すると、傍聴者は蛍光色の標識の片側に留まるよう指示され、反対側を囚人と警備員が通り過ぎていく。近づいてきたオニキス――警部にとって顔と名前が一致する唯一の囚人――は、すっかり年相応に見え、手錠と足錠をかけられて、ゆっくりと足を引きずりながら歩いていた。オレンジ色の服と黄色いブレスレットは、彼が危険な囚人であるしるしだ。腰の鎖が床に設置された鉄の輪に固定されると、オニキスは被告人席に座らせられて、捜査資料を受け取って目を通せるように手錠を外されるのを待った。

＊

前回、エーヴェルト・グレーンスがこの大きな空港の出口に来たのは、ホフマンとリニーヤを出迎えるためだった。けれどもいまは、彼が出迎えの親戚たちのあいだを通り抜けて次の列へと向かった。そこは機内と同じくらいごった返していた。同じ人々が、今度は別の場所で群がっている。グレーンスはスーツケースを倒すと、その上に腰を下ろして深く息を吸った——その日はタクシーに乗るまでに時間がかかりそうだった。

*

法廷では向かい合って座った。生身の小児性愛サークルのリーダーは、少し手を伸ばせば触れるほど間近にいた。自分に不利な証言をするためにスウェーデンからやって来た警部を笑顔で迎えた。オニキスは、心もとない笑みでも、詫びるような笑みでもない。強いて言えば……傲慢で、〝すべてがどのようにつながっているのか、知っているのは自分だけだ〟と言わんばかりにほほ笑んだ。そうした笑みには見覚えがあった。どう耐えればいいのか、どうやって無視すべきかを知っていた。ところが、今回は通用しなかった。それどころか証言の順番が回ってくるころには、グレーンス自身の苛立ちは信じられないほど増大していた。というのも、すぐそこに座って、視覚資料を目で追う小児性愛サークルのリーダーの姿が何を意味するのかがわかっていたからだ。裁判ではひとつひとつの虐待が再現される。健全な人間なら、ある程度の羞恥心、後悔を示すにちがいない——あらためてレイプしながら笑みを浮かべるのではなくて。

＊

やっとのことでタクシー待ちの列の先頭に来ると、ほどなくグレーンスはかすかに煙草のにおいがする革の座席に滑りこんだ。ストックホルムへ向かうE4号線の高速道路は、朝のラッシュアワーを少なくとも一時間は過ぎているにもかかわらず渋滞していた。まばゆい陽射しが降り注ぐなか、座席にもたれて目を閉じるのは心地よい気分だった。

＊

検察側の証拠は、身の毛がよだつほど痛ましく、身の毛がよだつほど残酷な写真を中心に組み立てられていた。初日が終わるころには、数名の陪審員が裁判官に解任を訴えた。サークルメンバーのラッシーとレッドキャットには、それぞれ五年および八年の禁固刑と、損害賠償の判決が下された。とはいうものの、その金額はカトリーナとリニーヤが完全に傷が癒えるまで受けつづける心理療法の費用さえ賄えない程度だった。デンマークとスウェーデンの裁判が終わったいま、エーヴェルト・グレーンスは記憶にあるかぎり初めて、すべて罪の刑期が加算されるアメリカの法制度に賛同した。オニキスの場合は、懲役三百八十四年となった。

＊

タクシーの運転手に1番出口の外で止まるよう頼んだ。そこで降りたかった。その方角から北墓地へ向かう道が最も美しいと、つねづね思っていたのだ。

実際、美しかった。

ダンスフロアに太陽を連れ出して、くるくる回す早春の一日。名残り雪を振り落として輝く芝生。静かな空気のなか、墓石のようにじっとたたずむ木々や低木。

実際に存在するもの。

いまでは違いがわかる。三十五年前、若い警察官だったころにできなかったことをしたおかげで――すべてを失った人に必要な専門家の力を借りる。さらには、感情が重苦しくなりすぎたときに、安心して戻れる場所を心の中に見つける。

ようやく理解した。今回は、いつもの手に負えない混乱だけではなかった——出口を見つけるのが不可能になるほど、ありとあらゆるものを引っかきまわした。彼女を恋しく思うあまり、専門家が急性精神病に分類する状態の一歩手前まで追いつめられた。いつのまにか妄想や幻覚症状まで現われた。いまだに理解するのは難しく、意識は混濁している。自分が実際に何を経験したのか。正しいのは彼らだった——自分以外の皆。ある晩遅く、エリック・ウィルソンのオフィスの閉まったドアを開け、前回と同じようにまっすぐ突き進んでデスクの端に腰かけた。そしてデスクを揺らして軋ませながら、身を乗り出して言った。「あんたは俺をここから追い出した」するとデスクの後ろにいる男は早口でまくし立てた。「エーヴェルト、もしここに怒鳴りこんできたり文句を言いに来たのなら……いまはそういう気分ではないので、どこか別の場所へ行ってください。怒りなり苛立ちなり、とにかく吐き出したいものを持って」だが、エーヴェルト・グレーンスはどこへも行かなかった。その代わり手を差し出して、上司も手を差し出すと、自分でも驚いたことに勇気を振り絞って、とうとうささやき声で言った。「ウィルソン、ありがとう——あんたは俺を助けてくれた」

なぜなら、いまの世界があまりにも不可解になったため、もう別の世界へ逃げる必要はないからだ。力ずくで他人を支配する人間とはけっして相容れず、他者よりもみずからの命を大事にする連中の追跡をあきらめるつもりもない。だが、自分自身と折り合えることはわかっている——人生を形作る出来事と。

いま持っているスーツケースは、結婚するためにパリへ飛んだ日にアンニが買ったもので、いまも上部の隅に貼りついたままのエッフェル塔のシールも、彼女がホテルの部屋で貼った。だから、グレーンスが意を決して警察本部を離れる際には、かならずこのスーツケースに荷物を詰める。先に家に寄って置いてくれば、もう少し楽に歩くことができただろう。だが、アメリカの証人席で、最初の強制捜査における証拠の取り扱いについて、そして結果的にそれに基づいて二十名を逮捕し、三十九名の児童と世界じゅうの何百名もの身元不明の被害者を救出したことについて繰り返し証言し、続いてビエテがさらに目を覆うような写真を発見したのをきっかけに、小児性愛サークルの全容が明らかになったことについて、裁判官の前で何度となく説明したせいで、一刻も早くここに来る必要があるのはわかっていた。

歩を進めるうちにスーツケースは徐々に重くなってかさばりはじめ、異なる年代の墓を隔てる小道に差しかかったところで、とうとう取っ手を離した。

手と腕を休めて。

今日向かっているのは、アンニの墓ではなかった——目的地は東に数百メートルの場所だ。墓地の記念樹の区画。かれこれ人生の半分は途中まで足を向け、つい数ヵ月前も、もう少しでたどり着くところだった。そしていま、ようやく訪れようとしている。自分たちの娘——自分の娘。心臓も肺も、開いたり閉じたりする目もあった。現実の存在だった。あの場所にひとりで眠っているべきではない。今日こそ話しかけるつもりだった。前回、言おうとしたこと、周囲に存在すると思われているかぎり、人間は存在するものだと伝えたかった。自分よりも賢い子であってほしい。なぜこれほど長くかかったのかを理解してくれれば——そう願わずにはいられなかった。

そして、あの子がよい夢を見るように。

解説

書評家
小財満

日本では、年間約八万人が行方不明者として警察に届けが出される（警察庁生活安全局人身安全・少年課作成資料による）。交通事故での死者（二〇二二年時で三千人弱）や、不慮の事故による死者数、年間四万人弱よりもずいぶん多い。とはいえ、年間八万人の行方不明者の大半はその後、一年以内に発見される。行方不明者となる要因は、もっとも多いのが疾病関係で全体の約三割――大半は認知症による徘徊や重病で連絡が取れないなどが原因となる高齢者。続いて家庭環境（家出や離婚によるもの）や経済状況（夜逃げ・高飛び含む）。そして八万人のうち、未成年の行方不明者が二割弱。大半は家出だが、離婚調停中で片親が連れ去りをしているケースやDV被害者で逃げ出した片親のもとにいるケースなども含まれている。だが、そうではない未成年者の「略取誘拐・人身売買」による行方不明者は、治安がよいはずの日本でも年間百人前後とまったくのゼロではない。また人身取引で検挙された事件の被害者のうち未成年者は令和四年で四十人程度、割合としては八割以上である。ＳＮＳで言葉巧みに未成年者を誘拐し連れ回すケースや、家出で頼った人物から援助交際や売春を強要されるケースなどもこれにあたり、行方不明者との相関も窺える。事故による児童の行方不明や児童が被害者となる殺人は大きく報道される一方、管理売春や性的虐待のからんだ行方不明者については、事件の性質上、報道されないものが大半ではあるが、日本においても確実に存在するのだ。

そして世界に目を向ければ、世界で行方不明となる未成年者の数は統計の出る欧米だけでも年間百万人以上と言われる。もちろんこの数字は、欧米でも大半が家出でありそのほとんどは数日以内に発見される。一方で、紛争地帯や発展途上国の統計はないに等しいため、実際の行方不明者の子供は世界中では百万人よりも、もっと多いと見ることもできる。アメリカでいえば未成年の行方不明者三十数万人のうち大半はのちに発見されるも、行方不明者のままとなる人数は約二千人。事故やドラッグなどで亡くなって発見されるのは数百人。さらに実子誘拐などを除いた「見ず知らずの人間」に誘拐された未成年者の数は三百人から四百人。これらのうち死体が発見されなかった事故や誘拐の未解決事件の年間数十件が残された家族をいつまでも苛み、行方不明者として捜索広告が出され続ける「ミッシング・チルドレン」となるのだ。
本作、『三年間の陥穽』（原題 *Sovsågott*、英題 *Sweet Dreams*, 2020）は、ストックホルム市警警部エーヴェルト・グレーンスの登場作品としての第十作であり、潜入捜査員ピート・ホフマンとの二人をダブル主人公としたシリーズの第五作。そして前述した「ミッシング・チルドレン」を正面から扱ったスリラーである。

定年の年を迎えたストックホルム市警の警部エーヴェルト・グレーンスは、三十五年前に事故で植物状態となり、十年前に死んだ妻アンニの墓の前にきていた。そこでグレーンスは自分と同年代の女性と出会う。〈我が娘《ミン・リッラ・フリッカ》〉と書かれた墓の前で「よい夢を。おやすみなさい」と子守歌を歌う、四歳の娘を亡くしたというその女性は、棺はたしかにその墓にあるが、その中には死体はないのだ、とグレーンスに語る。三年前に自分の車のチャイルドシートに座っていたはずの娘は突然車に乗った何者かに誘拐され、それきり姿を消したのだと。その少女のことが頭から離れないグレーンスは、市警の記録保管室から当時のファイルを探し出し、当時の捜査責任者だった同僚と会話をするうちに「もう一件の捜査」があったことを知る。その少女と同じ日に誘拐されて消えた、もうひとりの四歳の女の子、リニーヤ。事件から三年がたち死亡宣告を受ける直前のタイミングとなっていたが、グレーンスは事件の捜査を続けるため、申請を取り下げさせようと彼女の両親に会いにいくのだった。

警部エーヴェルト・グレーンスの、ごくごく個人的な動機から始まる、個人的な捜査である。前作、『三日間の隔絶』はかつて十七年前にグレーンスが捜査した殺人事件がよみがえる、という意味でグレーンスが公的にも捜査すべき事件だった。本作はその対極だ。どこまでもグレーンスのプライベートな動機による捜査なのだ。捜査を行う権限もなく、グレーンスの疲労と精神状態を心配した上司からは休職させられ、オフィシャルな警察機構の協力は得られないまま彼は捜査をはじめることになる。プライベートな動機――つまりそれは、墓にいた女性と行方不明となったその娘が、なんとなく自分の死んだ妻と、三十五年前の事故のために産まれてこなかった我が娘《ミン・リッラ・フリッカ》に重なったから、というその一点なのだ。親友のスヴェン・スンドクヴィストにも元部下マリアナ・ヘルマンソンにも頼れないグレーンスの今回の捜査の仲間は『三時間の導線』で協力者として名前のみ登場したＩＴの天才青年ビリーと、そしてもう一人、デンマーク国家捜査局の警察官でＩＴ専門家の女性ビエテ。彼らは事件の捜査の途上で入手した写真のデータから、ダークネットの闇にただよう国際的な児童性的虐待の犯罪組織の摘発を目指す。そしてグレーンスは、家族を危険な目にあわせたことで、二度と危険な潜入捜査はしない／させないとお互い誓ったはずの潜入捜査員ピート・ホフマンを再び犯罪組織へ送り込みたいと願うようになるのだ。

失踪した少女《ミッシング・チルドレン》の行方を追いかけるうちにグレーンスが児童虐待グループの情報の手がかりをつかめば、物語は一気に動き出す。インターネット上の、紐を通すような希薄な繋がりしか持たない犯罪組織を捜査するには相手に捜査されていることを決して悟らせてはならない。捜査されていることを悟られた瞬間、組織は自らの連絡網を解体し、インターネットの海に消えていく。麻薬組織への潜入捜査員として登場し、〈犯罪者を演じられるのは、犯罪者だけ〉という前提をもとに殺人をもいとわない潜入捜査員ピート・ホフマンだが、今回は自らにないステータスである小児性愛者を演じきることができるか、という大きな試練を与えられることになる。

タイムリミットサスペンスの体で〈人工的なミステリ〉の側面を伸ばした『死刑囚』、パズラーとドンデン返しの妙技に磨きをかけた『三秒間の死角』、世界的なスケールを増し、麻薬戦争を舞台にピート・ホフマンが逆襲の一矢を報いる『三分間の空隙《くうげき》』、そして同じ目的をもったグレーンスとホフマンが最後の手前まで交わらないという構成とアクションの凄み、美しいミステリ的解決で魅せる『三日間の隔絶』と傑作を更新してきたルースルンドの作品の中でいえば、本作はグレーンス自身の心理に迫った番外篇と言うべき作品だ。

ジャーナリストであるアンデシュ・ルースルンドと、元服役囚で犯罪防止の専門家だったベリエ・ヘルストレムという二人の作者が出会うことで生まれたグレーンス警部を主人公としたシリーズは、作者二人の社会問題に対するノンフィクション的な興味と取材をもとに物語が紡ぎ出されている。同じくスウェーデン・ミステリの先達であるヘニング・マンケルがそうだったように、人口一千万人の自国の枠を超えて世界を股にかけて捜査を行うスケールの大きさと、社会問題に対する取材と興味は北欧ミステリの伝統でもある。『制裁』では私刑、『ボックス21』では人身売買、『地下道の少女』は移民とストリートチルドレン、『三分間の空隙』では麻薬戦争……。これらの綿密な取材をもとに紡ぎ出される物語の中で、グレーンス警部という主人公はある意味で共感しにくいキャラクターであり続けていた。物語を前へ前へと推し進めるための原動力として、犯人や被害者の宿命を自分の人生の中へと取り込んでしまい事件へ危険なほどのめり込んでしまう人物——常に苛立ちを抱えた気難しい性格として描かれ続けたのだ。彼の部下で親友のスヴェンは、かつてグレーンスをこう評している。「いつも、他人に食ってかかっているか、苛立っているか、ピリピリしているか、集中しきっているか、疲れているか、怒り狂っているか、あるいはその全部か。そういう人間だ」

ゆえにグレーンスの心理的なうつろいは、本人の心象描写ではなく、常に食い物にされる弱者を被害者とする凄惨な事件への怒りを通して描かれてきた。グレーンスが非常に共感しにくい人物であるからこそ『三秒間の死角』以降、潜入捜査員ピート・ホフマンという冒険小説としてのサブ主人公（潜入捜査という過酷な状況に追い込まれている、ある意味では普通の家庭的な人物）を据えることでコントラストが生まれ、物語はより躍動的なものとなった。明らかに『三秒間の死角』以降のダブル主人公体制のほうが読みやすく一皮むけたように感じるのはそのためだ。

本作は、この共感しにくい主人公グレーンスの、プライベートな部分に迫った作品という点で『地下道の少女』と対をなす作品と言ってよい。『地下道の少女』はバスに乗ったまま放置された移民の子供たちとストリートチルドレン、そして一人の女性の殺人事件を扱った物語でありつつ、その物語に並列し、グレーンスの妻であり、彼自身が自動車事故で誤って轢いてしまい二十七年もの間、植物状態となっているアンニとの関係にひとつの結末が訪れるという、グレーンスの私生活にまつわる物語でもあった。シリーズの読者はこの第四作にして初めて、なぜグレーンスが気難しく常に苛立ちを抱え人一倍、犯罪を憎むのかを知ることになる。時を経て老人となった近作のグレーンスも、『三時間の導線』以降はホフマンの幼い息子たちと本当の祖父のようにパンケーキ作りに興じたりとだんだんと性格は丸くなってはいるが、そんな彼に残された、邪悪を憎む心の原動力が本作で明かされている。〈我が娘《ミン・リッラ・フリッカ》〉——妻のお腹にいたはずの、事故で植物状態になったときに流産した娘。妻アンニの墓参りには行くようになったグレーンスだが、娘に関してはその死から三十五年経った今もなお彼は娘の墓にはたどり着く決心ができないままでいるのだ。『地下道の少女』で妻の存在に、そして本作『三年間の陥穽』で産まれてくるはずだった娘の存在にと、彼の心の奥底によこたわる重いしこりに、それぞれ決着がついていく様に、事件の捜査を通してしか心の安寧を得られない奇妙な男、グレーンスが少しずつ救済される様を描いてやろうという作者の親心のようなものを感じるのは筆者だけだろうか。

なお、本作で扱われる小児性愛《ペドフィリア》という病を抱えて生きている人々は、以前、小児性愛を扱ったインタビューを読んだ限りでは非接触派《anti-contact》として生きている者もおり、そのような者はいつか犯罪に走ってしまうのではと恐れながら生活しているのだという。性欲の抑えられない怪物、という一般的な理解とは遠い人物像が浮かび上がるが、自ら治療を希望するケースは少ないこともあり、児童買春や盗撮など実際に罪深い犯罪に手をかけてしまう人々も少なからず実在する。警察庁の資料によれば日本においても児童買春事犯などで検挙される人数は年間約二千人程度。令和元年の中学生以下の児童買春等の被害児童は百七十五人。検挙までたどり着く割合が少ないだろうことを考えれば無視できる人数ではない。

小学生以下の被害児童はより表面化しづらいこともあり検挙数も少なく実態が不明だが、SNSが若年層に浸透した結果、児童が自ら撮影した画像に伴う被害が増えていることは近年の特徴として挙げられる。世界に目を向ければ、カトリックの聖職者による児童性的虐待や、二〇二二年に三十年の禁錮判決を受けた世界的R&BシンガーのR・ケリーによる組織的な未成年者への性加害事件、ビル・クリントンやドナルド・トランプとも親交の深い大富豪ジェフリー・エプスタインが私有地で組織的な児童買春を繰り返し、逮捕後に自殺した事件など組織犯罪も枚挙にいとまがない。おそらく作者はこうしたスキャンダラスな実在の事件に着想を得て本作を書いたものだと思われる。

実際にこの児童性的虐待という卑劣な犯罪に手を染めるケースは、小児性愛そのものだけでなく、犯人の認知の歪みこそが引き起こしていると考えられる。「子供との恋愛は純愛」「愛しているのだから」など自らの加害行為に言い訳を用意して犯罪に手を染める、ないし大人同士の対等な関係を築けず大人‐子供の支配‐被支配の関係を好み犯罪に手を染めるなど（児童虐待の被害は見知らぬ他人より身内で起こりやすいと言われるゆえん）。興味があれば『「小児性愛」という病―それは愛ではない』斉藤章佳著（ブックマン社）、『性的虐待を犯した少年たち―ボーイズ・クリニックの治療記録―』アンデシュ・ニューマン、ウーロフ・リスベリィ、ベリエ・スヴェンソン著（新評論）など小児性犯罪の加害者臨床の目線で書かれた本を読まれたい。本作で描写される、支配欲を隠さない、身勝手で狡猾な犯人像が恐ろしいまでにリアルなものだということに気づくはずだ。

最後に、本作のパズラー的なミステリとしての側面も触れておきたい。社会問題への興味、ハイテンションなアクションに加え、アクロバティックなドンデン返しも得意とする全方位エンターテイメント的な作風の作者だが、本作にもまた地味ではあれど、読んでいた作品の風景を一変させるような意外なツイストの伏線が複数仕込まれている。そのツイストに物語上の必然性が存在することが本作の美点だろう。曖昧な書き方にはなるが、本作の結末で提示される真実には、そこに至った主人公たちの状態を思えば、呆気にとられるのが半分、そして残りは彼らの人生を思えば、泣けてしまうのが半分、という心持ちだった。作品を通してのテンションの高さにくらべれば、その結末自体は決して派手ではないが、実に美しい。

次作、グレーンス&ホフマンのシリーズ第六作 *Litapåmig*（英題 *Trust Me*, 2021）は、『ボックス21』に連なる、臓器売買目的の人身売買や誘拐を扱った作品だという。日本でも昨年、NPO法人による臓器移植ツーリズムの斡旋が発覚し問題になった。児童性的虐待と同様、我々の社会にも実在する問題として興味深く、邦訳を楽しみに待ちたい。

二〇二三年四月

〈訳者略歴〉
清水由貴子　上智大学外国語学部卒，英語・イタリア語翻訳家　訳書『三時間の導線』ルースルンド（共訳），『六人目の少女』カッリージ（以上早川書房刊）他多数
下倉亮一　スウェーデン語翻訳者　訳書『三日間の隔絶』ルースルンド（共訳／早川書房刊），『減量の正解』ヘミングソン他

HM=Hayakawa Mystery
SF=Science Fiction
JA=Japanese Author
NV=Novel
NF=Nonfiction
FT=Fantasy

三年間《さんねんかん》の陥穽《かんせい》
〔下〕

〈HM㊴-16〉

二〇二三年五月二十日　印刷
二〇二三年五月二十五日　発行
（定価はカバーに表示してあります）

著者　アンデシュ・ルースルンド
訳者　清《し》水《みず》由《ゆ》貴《き》子《こ》
　　　下《した》倉《くら》亮《りょう》一《いち》
発行者　早川浩
発行所　株式会社 早川書房
郵便番号　一〇一 - 〇〇四六
東京都千代田区神田多町二ノ二
電話　〇三 - 三二五二 - 三一一一
振替　〇〇一六〇 - 三 - 四七七九九
https://www.hayakawa-online.co.jp

乱丁・落丁本は小社制作部宛お送り下さい。
送料小社負担にてお取りかえいたします。

印刷・三松堂株式会社　製本・株式会社フォーネット社
Printed and bound in Japan
ISBN978-4-15-182166-0 C0197

本書は活字が大きく読みやすい〈トールサイズ〉です。